妾屋昼兵衛女帳面

側室顛末

上田秀人

幻冬舎時代小説文庫

妾屋昼兵衛女帳面

側室顛末

目次

【主要登場人物】

山城屋昼兵衛　大名旗本や諸藩の重職などに妾を斡旋する「山城屋」の主。
大月新左衛門　伊達家江戸番馬上役。タイ捨流の遣い手。側室警固の任を与えられる。
菊川八重　没落した家名再興のため妾奉公で稼ぐことを決意した元武家の娘。
伊達斉村　仙台六十二万石の第八代藩主。
興姫　斉村の正室。
立花内記　伊達家若年寄。江戸藩邸を預かっている。
坂玄蕃　伊達家の用人。斉村の側室を求めに「山城屋」へ。
井伏左近　伊達家若年寄。立花とは敵対関係にある。
高蔵源之助　伊達家勘定奉行。逼迫した藩財政に苦慮している。
徳川家斉　徳川幕府第十一代将軍。
林出羽守忠勝　家斉の寵愛を受けた小姓。
加納遠江守久周　側衆。家斉の次男の引目になることが決まっている。
岡野肥前守知暁　徳川幕府留守居役。家斉の次男の引目になることが決まっている。
谷口伝兵衛　伊達家剣術指南役。柳生新陰流の遣い手。
二島主水　大月新左衛門の剣の師匠。

第一章　大名の意義

一

手にした木刀の柄《つか》が汗で湿る。

「…………」

間合いを確認した大月新左衛門《おおつきしんざえもん》は、柄の握り位置を変えた。手のひらにわき出ていた汗が乾いた柄に吸い取られていく。

「はあっ」

身じろぎした新左衛門へ、気合いが投げられた。

「おう」

合わせるようにして新左衛門も気合いを発した。

先ほどの気合いが、実際に攻めてくるためのものではない虚であると新左衛門は見抜いた。しかし、ただ単に流してしまえば、そこにつけこまれる。どのような手でも応じる用意はあるぞとの意思表示であった。

「動かぬの」

つまらなさそうな声が新左衛門の耳に届いた。新左衛門はそれが藩主伊達《だて》侍従斉村《なりむら》の口から出たとすぐにさとった。

伊達斉村は、仙台六十二万石の第八代藩主である。父重村《しげむら》の隠居によって、十六歳で藩主となった。それから四年経《た》った寛政五年（一七九三）、斉村と関白鷹 司輔平《たかつかさすけひら》の娘興姫《あきひめ》の間に婚約が決まり、その祝いとして江戸の上屋敷で、御前試合がおこなわれていた。

江戸番馬上大月新左衛門もタイ捨流の遣い手として、御前試合に参加し、三人を破って決戦の場へ駒《こま》を進めていた。江戸番馬上は、他藩でいう江戸詰馬廻《うままわ》り役のことだ。戦場で藩主の警固を担うことから、武術の鍛錬は必須とされていた。

「玄蕃《げんば》よ」

「はっ」

斉村に呼ばれて、側《そば》に控えていた用人坂《ばん》玄蕃が、頭を下げた。

「この勝負、どちらが勝つと思う」

「難しゅうございまする」

問われた玄蕃が首をひねった。

「そうか。余は谷口伝兵衛《やぐちでんひょうえ》だと思うぞ。なんと申しても伝兵衛は、剣術指南役じゃ。剣術指南役というのは、藩で一番の遣い手がなるものであろう。ならば、戦いの結末は見えたはず」

「仰せのとおりでございますが、相手の大月新左衛門も三人抜きを果たした強者《つわもの》」

玄蕃が、斉村の気を引くように言った。

「大月とは聞かぬ名じゃの」

ほんの少し斉村が、興味を持った。

「江戸番馬上二百石の藩士でございまする。普段は下屋敷に詰めておりますれば、殿がご存じなくて当然かと」

伊達家ほどの大藩となれば、千石をこえる藩士だけでもかなりの数になる。二百石ていどなら、藩主が顔を知らなくても当然であった。

「まだ若そうじゃの」

「たしか、今年で二十四歳になったはずでございまする」

問われた玄蕃が答えた。

「えいっ」

指南役谷口伝兵衛が、踏み出した。

「殿、始まりましたぞ」

「うむ」

玄蕃の言葉に斉村が目を二人へ戻した。

「おう」

新左衛門も合わせて出た。

三間（約五・四メートル）あった間合いが二間（約三・六メートル）になった。

「しゃっ。しゃ」

谷口伝兵衛が、木刀の切っ先を小刻みに震わせた。柳生新陰流《やぎゅうしんかげ》独特の動きで、同じ構えを続けることで、身体《からだ》が硬くなってしまうのを防ぐためのものであった。

「…………」

対して新左衛門は木刀をゆっくりと下ろした。

戦場でのやりとりをもとに生み出された実戦剣術であるタイ捨流は、鎧《よろい》武者の急所を的確に捉《とら》えることを極意とし、あまり派手な動きはしない。

どちらかが一歩踏み出せば、相手に刀が届く、一足一刀の間合いとなって、ふたたび二人が止まった。

「また動かぬぞ。剣術というものは、意外とつまらぬものじゃな」

斉村が飽きた口調で言った。

「殿、お目をお離しあるな。二人の間合いが近くなりましてございまする。おそらく、次に何かあれば、勝負は決まりましょう」

「なにをしておるのか、わからぬではないか」

前藩主の嫡男として生まれ、たいせつに育てられた斉村は、わがままな性格である。何事においても熱しやすく冷めやすい。政《まつりごと》にはまったく興味を示さず、詩歌音曲に耽溺《たんでき》するだけでなく、生まれつき身体が丈夫でないこともあり、剣術をはじめとする武芸百般を好まなかった。

「お互いの隙《すき》をうかがっておるのでございまする」

玄蕃が解説した。

「隙をうかがうだと。面倒なものよな。鉄砲ならば、そのような手間をかけずともすむものを」

あきれた顔で斉村が述べた。

「ええええい」

膠着《こうちゃく》を嫌ったのは、新左衛門であった。

新左衛門は、大きく左足を踏み出し、下段の木刀を跳ねあげた。

「いあああああ」

谷口伝兵衛が、青眼の構えを崩し、木刀で受けた。乾いた音をたてて、互いの木刀が絡んだ。

「えええやあ」

腹からの声をあげて、新左衛門は受け止められた木刀を押しあげた。

「なんの」

勢いを利用して、谷口伝兵衛が後ろへ飛んで、間合いを空けた。

「逃がさぬ」

新左衛門は追った。

「はっ」

谷口伝兵衛の目に笑いが浮かんだ。

「えいっ」

短い気合いを発した谷口伝兵衛が、木刀を小さく動かした。

「なにっ」

上段からの追撃を放とうとしていた新左衛門の左手首内側を、谷口伝兵衛の切っ先がかすった。

「一本。それまで」

手をあげて審判役が勝負が決したことを告げた。

「双方、もとの位置へ」

審判役に促されて、二人が最初の立ち位置へと戻った。

「どうなったのだ」

勝負の行方を理解できていない斉村が問うた。

「谷口伝兵衛が、大月新左衛門の左手首を打ち、勝ちましてございまする」

玄蕃が説明した。玄蕃も新陰流を学び、免許まではいかぬが、そうおうの腕をしていた。

「そうなのか」

斉村がよくわからないといった顔をした。

「はい。新陰流極意の一つ、転《まろばし》。相手の手首や首筋、内股《うちもも》などの急所を小さな動きで断つ必殺の一撃でございまする」

「必殺……それほどすごいものには見えなかったが」

「木刀での試合でございますゆえ、さほどには感じられぬやも知れませぬが、真剣での戦いでありましたならば、大月の左手首は切り落とされておりましたでしょう」

「手首がか。それはすさまじいの」

聞いた斉村が感嘆した。

「殿、二人が待っておりまする。なにとぞ、お声をかけてやってくださいますよう」

「うむ」

言われて斉村が、正面を向いた。

「谷口伝兵衛、大月新左衛門」

「はっ」

「ははっ」

呼ばれて二人が片膝《かたひざ》を突いて、控えた。

「見事であった」

斉村が賞賛を口にした。

「吾《わ》が家中にこれほどの遣い手がおることを余はうれしく思う。藩祖政宗《まさむね》公以来、仙台藩は武で鳴らした家柄じゃ。その尚武の気風、未《いま》だ衰えずを目《ま》の当たりにでき、余は満足である」

「畏《おそ》れ入りまする」

勝った谷口伝兵衛が、斉村の賞賛に代表して応《こた》えた。

「玄蕃、これへ」

「はい」

三宝を二つ玄蕃が運んだ。

「谷口伝兵衛。さすがは指南役である。この太刀《たち》を取らせる」

斉村が褒めた。

「かたじけなきことにございまする」

膝で近づいた谷口伝兵衛が、玄蕃から太刀を受け取った。

「大月新左衛門」

「はっ」

呼ばれて新左衛門は、目を伏せた。

「一歩およばずとはいえ、指南役相手に十分な働きであった。今後とも精進を怠らぬようにいたせ。脇差《わきざし》を受け取るがよい」

続けて斉村が述べた。

「ありがたき思《おぼ》し召し」

新左衛門も膝を曲げたまま上座へ近づいた。

「よくやった」

褒めながら、玄蕃が脇差を差し出した。

「……………」

受け取った脇差を目よりも高く押しいただいてから、新左衛門は下がった。

「これで御前試合を終わる」

玄蕃が宣した。

斉村の退出を待って、ようやく新左衛門は一息をついた。

「大月」

谷口伝兵衛が声をかけてきた。

「はい」

剣術指南役は小姓組上席格を与えられている。江戸番馬上である新左衛門から見れば格上であった。また年齢も二十歳近く離れている。新左衛門はていねいな応対をしなければならなかった。

新左衛門は、姿勢を正した。

「よい太刀筋であったが、詰めを急ぎすぎたの」

「ご指南役さまを相手に、長引いては勝機さえ得られぬと思いましたゆえ」

「あそこは、追わずに体勢をもう一度整えるべきであった」

「はい」

指導を新左衛門はすなおに聞いた。

「タイ捨流は、乱戦を得意とすると聞く」

さすがに剣術指南役を務めるだけあって、谷口伝兵衛は他流にも詳しかった。

「だがそれは、むやみやたらと刀を振り回すことではないはずじゃ。相手の動きをもう少し読むようにせねば、それ以上の上達はないぞ」

「お教え、心に刻みまする」

新左衛門は、頭を下げた。

「うむ。しかし、若いなかでは、なかなかの腕。流派は違うが、いつでも道場へ来るがいい」

「ありがたく」

「ではの」

話し終えて谷口伝兵衛が去っていった。

関ヶ原の合戦から百九十年余り、栄華を誇った大名たちの内情はどこも苦しくなっていた。戦に勝つことで領地を得、収入を増やしていった大名が、泰平によってその手段を奪われたのだ。

それだけではなかった。明日の命が知れない乱世なれば我慢できた欲を平安な時代には辛抱できない。人々は贅沢《ぜいたく》になり、物価はうなぎ登りとなっていく。

収入は変わらないのに、支出だけが増える。

こうして大名たちは、貧困に陥っていった。

とくに仙台藩の状況は悲惨であった。

度重なる大雨などの天災で、米がまともに穫《と》れない年が続いた。天明の大飢饉《だいききん》といわれた天明三年（一七八三）の凶作で五十六万五千石を失い、続いて天明五年（一七八五）の霖雨《りんう》で五十五万石の損失を出した。そこに江戸上屋敷、木挽町《こびきちょう》下屋敷が焼失、その後始末も終わらぬうちに、翌天明六年には大洪水で五十三万石余りが流された。

泣き面《つら》に蜂《はち》どころではなかった。仙台藩の台所は火の車であった。

背に腹は代えられぬ。

仙台藩は、幕府へ、十年間家格を十五万石に落としてもらうように嘆願した。もちろんなにもなしで、そのような願いがとおるわけもない。嘆願を出す前に、藩主重村は四十九歳の若さで隠居し、責任を取った。

こうして斉村は、十六歳で藩主の座につき、疲弊した仙台藩の立て直しにあたることとなった。

といったところで、武士のやり方である。せいぜい家臣の禄《ろく》を減らし、中間《ちゅうげん》や女中などに暇を出すていどでしかない。それらも実質おこなうのは、奉行や若年寄といった家臣であり、斉村は期待されていなかった。

いや、斉村に期待されていることが一つあった。世継ぎを作ることである。

末期《まつご》養子の緩和で、かつてのように子なきは即断絶とはならなくなったが、それでも禄を減らされたり、転封されたりの罰則を与えられることもある。この状況で領土を取りあげられたり、莫大《ばくだい》な移転費用のかかる転封などをくらっては、政宗以来の名門、伊達家が借財で潰《つぶ》れてしまう。

重臣たちは、斉村の婚姻を急がせた。

「これでようやく、一安心じゃな」

御前試合の翌日、江戸藩邸を預かる若年寄立花内記《たちばなないき》が、詰め所で嘆息した。

「はい」

用人坂玄蕃が同意した。

伊達家の職制は他藩と大きく違っていた。他藩でいう家老のかわりに奉行がおかれ、その下に若年寄がいた。

奉行は家臣最高の家柄である一家、準一家、宿老、着座のなかから選ばれ、伊達藩すべてをつかさどった。これらの家柄は、伊達に属する七千五百をこえる藩士のなかで、わずか八十家しかなく、石高も三千石から万石にいたる高禄の者ばかりであった。

対して若年寄は、平士以上から能力の優れた者が選ばれ、実務を担当した。

若年寄の立花内記は、政宗以前から伊達家に仕えていた譜代中の譜代の出で、すでに老齢であったが、その経験は奉行さえも遠慮させるものを持っていた。

「といったところで、和子《わこ》さまをお作りいただくまで安心できぬ」

立花内記が表情を引き締めた。

「ご正室さまに期待はできますまい」

冷静な声で玄蕃が言った。

「うむ。あのお身体つきでは、難しかろう」

手を組んで立花内記もうなずいた。

名門中の名門公家である鷹司家の娘輿姫は、小柄で痩《や》せていた。

「お付きの女中から聞き出しましたところ、まだ月の印も見ておらぬとか」

用人の仕事は、多岐にわたる。奥のことにも気を配らねばならなかった。

「まあ、同衾《どうきん》なさるのは、まだ先のことだ」

立花内記が述べた。輿姫との婚姻まで、まだ半年あった。

さらに、大名の婚姻には数多くのしきたりがあった。婚姻の夜にいきなり同衾することはまずなかった。親戚《しんせき》衆への目見え、家臣たちの拝謁など、いろいろな行事を終え、さらに正室の体調を見て、ようやく枕事となる。

「だが、これで最大の難関は突破した」

「はい」

強い口調の立花内記に、玄蕃も首肯した。

「正室が決まる前に側室をもうけるは、殿の評判にもかかわる。しかし、これで条件は整った。玄蕃よ」

「承知いたしております。明日にでも殿のお好みをうかがい、浅草《あさくさ》の妾屋《めかけや》まで出向いて参りまする」

　妾屋とは、その名のとおり女を斡旋《あっせん》するところである。表向きは口入れ屋の体《てい》を取っているが、普通の奉公人の紹介は余りしない。豪商や医者、名門旗本、大名などが、妾《めかけ》あるいは側室を求めるときに利用した。女の親元代わりもするだけに出身を厳しく確認するなど、信用をなによりのものとしている。

「うむ。任せたぞ。これはなによりの大事じゃ。決して手違いのないようにいたせ」

「はっ」

　玄蕃が一礼した。


　翌朝、玄蕃は斉村へ目通りを願った。

「なんじゃ」

　婚礼の宴の疲れを引きずった斉村が不機嫌な声で用件を問うた。

「殿にお教え願いたいことがございまして」

「余にか。申せ」

斉村が促した。

「一同、遠慮いたせ」

玄蕃が小姓たちに席を外せと告げた。

「よろしゅうございましょうか」

小姓組頭が、斉村へ問うた。

「それほどのことなのか。玄蕃が申すならばよかろう」

斉村が人払いを許した。

「お側へ寄らせていただきまする」

膝行して玄蕃が、上屋敷御座《ござ》の間上段に腰を下ろしている斉村の一間（約一・八メートル）まで近づいた。

「殿」

玄蕃が声を潜めた。

「ご側室を置いていただきまする」

うかがいではなく、決定を玄蕃が告げた。

「正室の輿入れもまだだというのにか」

さすがに斉村があきれた。

「伊達家が、幕府からどう見られているかご存じでございましょう」

「……わかっておるわ」

幕府にとって広大な領地を持つ外様《とざま》大名は、懸念の種であった。とくに薩摩《さつま》の島津、長州の毛利、加賀の前田、仙台の伊達は、警戒されていた。昨今は、昔ほど露骨な嫌がらせはなくなっているが、それでも虎視眈々《こしたんたん》と失政を待たれているのは確かであった。

「大名を潰すのにもっともよいのは、一揆《いっき》。そして、大名を乗っ取るのにもっともよいのが……養子でございまする」

玄蕃が声を潜めた。

「養子か」

斉村が苦い顔をした。

十一代将軍徳川家斉《いえなり》は、寛政に入ってから毎年のように子を側室たちに産ませていた。すでに男子一人、娘二人ができている。男子一人は十二代将軍となるからいい。それ以外の男子は、別家させるか、どこぞの大名へ養子に押しつけるしかないのだ。もっとも御三卿《ごさんきょう》という別家がある以上、あらたな分家は作られないと考えるべきであった。

「家斉さまのご側室は今もご懐妊なされているそうでございますぞ」

さらに玄蕃が重ねた。

「伊達六十二万石は、将軍家の男子にふさわしいというのだな」

「はい」

はっきりと玄蕃がうなずいた。

「それを防ぐには、幕府につけいる隙を与えない嫡子が入り用なのでございまする」

「吾が子は盾か」

眉をひそめて斉村が嘆息した。

「和子さまを道具扱いにするなど心苦しゅうございまするが、藩士たちの忠誠は伊達家正統の血筋にこそ捧げられるもの。徳川ごとき、それも家康公の直系でさえない者へ従うためにあるのではございませぬ」

力の入った声で玄蕃が語った。

「わかった。側室の手配をいたせ」

力なく斉村が認めた。

「つきましては殿のお好みをうかがいたく」

「余の好みとは、女のか」

斉村が目をむいた。

「そのようなものどうでもよかろう。子を産むためだけの道具として余にあてがわれる女ぞ。健康であれば問題などあるまい」

己の意志を無視した押しつけに、斉村が反発していた。

「いいえ」

強く玄蕃が否定した。

「たしかに、子を産むための道具であることは認めまする。ではございますが、その女と殿の間に交流は生まれるのでございまする。男と女は、心だけでなく身体でも結びつくもの。例えにあげるにも不遜《ふそん》ではございまするが、わたくしと妻も同じなのでございまする」

「玄蕃の夫婦《めおと》というか」

「はい。わたくしと妻は、親の決めた縁でございまして。互いに婚姻の日を迎えますまで顔を見たこともございませなんだ」

「それは余も同じぞ」

大名の婚姻などもっとひどいといっていい。婚礼の宴をすませたとはいえ、斉村は未だに興姫の顔をはっきりとは見ていなかった。

「あからさまなことを申しまするが……わたくし初夜のときにしみじみと思いましてございまする。妻がまともな見目をいたしていたことにほっといたしました」

「どういうことぞ」

「人には好みというものがございまする。わたくしも男でございまする。どうせ抱くならば、いい女と思うのは当然でございまする」

「……たしかにの」

「幸い、妻は人並みの容姿をいたしておりました。もし、あれが醜女《しこめ》であったならば、離縁などできませぬが、閨《ねや》にしげくかようことはなく、子もできませなんだでしょう」

「なるほどの。萎《な》えるような女では、子ができぬか。わかった」

ようやく納得した斉村が、女の好みを告げた。

二

山城屋《やましろや》の戸障子が引き開けられて、若い女が入ってきた。

「ただいま」

「誰かと思えば、お奈津《なつ》さんじゃないか」

帳場に座っていた昼兵衛《ちゅうべえ》が、驚きの声をあげた。

「二階……」

「空いてるよ。そうか、亡くなったんだねえ」

「うん」

奈津が首を垂れた。

「退《の》き金はもらったのかい」

「もらったよ。ほら十両も」

懐から銭袋を出して、奈津が小判を並べた。

「さすがは信濃《しなの》屋さんだ。ものごとをよくおわかりだ」

昼兵衛が感心した。妾を手放すときは、その月までの給金とは別に、幾ばくかの心付けを渡すのが決まりであった。なかには踏み倒そうとする者もいたが、その手のは昼兵衛がしっかりと取り立てる。妾屋は女を斡旋するだけではなく、その後も面倒を見た。

「お父さんの最期を看取《みと》ってくれたからって……若旦那《わかだんな》が」

小さな声で奈津が言った。

奈津は京橋の呉服問屋信濃屋の隠居の妾であった。

「そうかい。そうかい。お奈津さんは、よく信濃屋の大旦那さんに尽くしていたからね」

「もう女は抱けないんだよって言いながらも、毎日毎日、あたしの身体をなでまわして……若いときにもっと遊んでおくべきだったねえって呟《つぶや》くの。婿養子だったから奥さまが亡くなるまで、一文の銭もままにできず、ようやく隠居して金も遣えるようになったら、男でなくなっていたって。さみしそうに……」

奈津が涙を流した。

「半年も一緒だったら、情も移って当然だよ。妾とはいえ、男と女の間には、他人にはわからない糸が繋《つな》がるからねえ」

そっと昼兵衛が奈津の肩を抱いた。

「どうする。もう、妾はやめるかい。奈津さんも、もう二十四歳だろ。これだけのお金と今まで貯めたものを合わせれば、ちょっとした小料理屋か茶店ならば、できるだろう。その気ならば、出物を探してあげるよ。嫁に行きたいならば、ちゃんとした奉公先を見つけてあげる。もちろん、うちとはまったくかかわりのないようにしてね」

昼兵衛が提案した。

「まだいい。もう少しお金を貯めて、国へ帰って田圃《たんぼ》を買う。そうしたら、弟たちが飢えなくてもすむから。水呑《みずのみ》から自作になれば、子も孫も食べていける」

奈津が首を振った。

「わかった。でも、決まりだからね。月のものを二回見るまでは新たな奉公先を紹介することはできないよ」

「うん。しばらく、身を休めるから」

着替えを入れた風呂敷包みを手に、奈津が二階へと上がっていった。

妾屋の二階は、女たちの宿でもあった。旅籠《はたご》に泊まるよりもはるかに安い金額で逗留《とうりゅう》できる。仕事先を探す女たちの多くが、妾屋の二階を利用していた。

「奈津さんは、情が濃すぎるのが難点だねえ。妾というのは、身体と身体のつながりだけと割りきらないと、心がもたない。奈津さんのような女子《おんな》は、こんな稼業からさっさと足を洗うべきなんだが……」

呟きながら、昼兵衛は仕事待ちの女として帳面に奈津の名前を書きこんだ。


金龍山浅草寺の門前町は、江戸で一、二を争う繁華なところであった。参詣《さんけい》に来た庶民を相手にする食べもの屋、みやげもの屋が並び、朝から晩まで人通りが絶えなかった。

「たしか、この角を曲がったところのはずじゃ」

供の中間を連れて、玄蕃は浅草門前町に来ていた。

「見てきやす」

中間が走っていった。

「まちがいございやせん」

戻ってきた中間が報告した。

「案内せい」

中間に先導させて、玄蕃は辻《つじ》を曲がった。

「じゃまをする」

きっちりと閉じられていた戸障子を開けて、玄蕃は店の土間へ入った。

「いらっしゃいませ」

すぐに奥から返答があった。

「ここは、山城屋昼兵衛方でまちがいないかの」

「はい。口入れ稼業を営んでおります山城屋でございまする。わたくしが主《あるじ》の昼兵衛で」

出てきた中年の男が名乗った。

「儂《わし》は伊達家用人の坂玄蕃である。見知りおけ」

「ごていねいにありがとうございまする。どうぞ、お上がりくださいませ。あいにく、このような場所しかございませぬが。今、お茶を。おい」

昼兵衛が玄蕃に勧め、手を叩《たた》いた。

「ああ、かまわぬでよいぞ」

手を振りながら、玄蕃が気を遣うなと言った。

「で、本日はどのような御用でございましょう」

女中が茶を出したところで、昼兵衛が訊《き》いた。

「一人世話を願いたい」

「お妾をお求めでございまするか」

昼兵衛が確認するための問いを発した。

口入れ屋と書いてあるが、山城屋は基本として人足や女中の紹介はしていなかった。山城屋が仲介するのは主として女、それも妾だけである。

山城屋は世にいう妾屋であった。

「儂ではない。我が殿の側に仕える女子を求めに参った」

玄蕃が告げた。

「仙台さまの。それは畏れおおいことでございまする」

ていねいに昼兵衛が頭を下げた。

「お好みはございましょうや」

「うむ。うかがって参った」

懐から玄蕃は書付《かきつけ》を出した。

「まず、顔つきは丸く、色白。眼大きく、眉は薄め。唇は薄すぎず厚からずで、首は細いほうがよい。身体つきは、胸尻の肉付きがよく、腰は太からず」

「………」

黙って昼兵衛が注文を控えた。

「そしてなにより健康でなければならぬ。病持ちなどは論外じゃ。あと、女の母と祖母が四人以上子を産んでいることが望ましい」

玄蕃が細かい注文を付けた。

「生まれにご希望はございませぬか」

「とくにない。江戸であろうが、京であろうがな。ああと、殿はまだお若い。多少歳上《としうえ》くらいはよいが、あまり老けておるのはならぬぞ」

「承知いたしました」

注文をすべて書き留めた昼兵衛が請けた。

「いつ来る」

「多少難しいご注文でございまするので、いつとご返事はいたしかねまする。用意でき次第ご連絡を差し上げるということでいかがでございましょうか」

昼兵衛が答えた。

「いたしかたないが、できるだけ早く願うぞ」

「尽力させていただきまする」

「うむ。おい」

満足そうにうなずいた玄蕃が、中間へ合図した。

「へい」

中間が懐から袱紗《ふくさ》を取り出した。

「これは些少《さしょう》ではあるが、支度金である。殿にお目通り願うのだ。ふさわしいだけの身形《みなり》を整えるように」

「お預かりさせていただきまする」

押しいただいて昼兵衛が受け取った。

「では、頼んだぞ」

玄蕃が店を出て行った。

「仙台さまか。女にとって大出世の好機だね。何人もの男じゃなく一人だけに仕えられるし」

うなずきながら昼兵衛が帳場へ位置を変えた。

「誰が条件に釣り合うかの」

昼兵衛が帳面を取り出した。

「源兵衛《げんべえ》店《だな》大工米吉《よねきち》娘さや。今年で十八歳。身の丈五尺（約百五十センチメートル）、色白……だめだな。乳が小さい」

次の頁を昼兵衛は読み出した。

「米倉屋二右衛門《にえもん》妹吉《きち》。ああ、いかんな。一度嫁しておる。仙台さまの側室となってお世継ぎを産んだとき、前夫がからんでくるやも知れぬ」

何枚もの紙を昼兵衛は繰った。

「ちょうどよいのがおらぬな。二階には誰かいたかね」

昼兵衛が階段をあがった。

「ごめんなさいよ」

山城屋の二階は、大広間になっていた。

「はああい」

なかから返事がした。

「ちょいと失礼しますよ」

襖《ふすま》を開けて昼兵衛が大広間へ入った。

「ちょっとみなさん、集まってもらえますかな」

昼兵衛の言葉に、大広間にいた女たちが近づいてきた。

「とあるお大名さまより、お妾さんのお求めが参りましたので、このなかによいお方がおらぬかと思いましてな」

「えっ、お大名さまですか」

聞いた女のなかから歓声があがった。

「お大名さまのお妾となれば、生涯安泰」

「商家と違って、年期はないから、いいわね」

女たちが顔を見合わせてうなずきあっていた。

「わたしはお断り」

一人の女が手をあげた。

「堅苦しい武家なんぞは、ご免」

「おさえさんは、外れられると。けっこうでございますよ」

笑いながら昼兵衛は認めた。

「話を聞くのも悪いから、ちょっと観音さまを拝んでくる」

さえが出て行った。

「さて、条件なんでございますが、みなさんのご兄弟は何人で」

「三人」

「わたしは二人」

「四人でございまする」

口々に女たちが答えた。

「残念ですが、月《つき》さんは……」

「あら。二人では少なかったのかしら。しかたない」

月も大広間から姿を消した。

「では、残りのお三方には、脱いでいただきましょう」

淡々と昼兵衛が命じた。

「はい」

すなおに女たちが立ちあがって裸になった。

「湯文字《ゆもじ》は着けていていただいてかまいません」

昼兵衛の言うとおり、女たちは湯文字一つになった。

「けっこう。お三方とも条件には一致しますな」

「もう着物をまとっても」

女の一人が訊いた。

「どうぞ。ああ。念のためにおうかがいしますが、嫁に行ったことはございますまいな」

「ありません」

「ございませぬ」

「とんでもない」

三人ともに首を振った。

「みえさん」

昼兵衛の声が凍った。

「店に来たとき、申しあげたはずでございますよ。妾屋というのは、信用が第一だと。男にとってまったく無防備となる閨で勤める女を紹介するのですからな」

「……ひっ」

みえが息を呑《の》んだ。

「わたくしを舐《な》めてもらっては困りますな。あなたは子を産んだことがございますね」

冷たく昼兵衛が告げた。

「…………」

「隠しても無駄でございますよ。わたくしが何年妾屋をやってきたと思っておられるので。女の裸なぞ、百人以上見て参りました。あなたのおなかにあるのは、孕《はら》み筋《すじ》の跡でございましょう」

「よ、嫁に行ったことはありませぬ」

必死にみえが首を振った。

「なるほど、そう言いわけますか」

昼兵衛が口の端をゆがめた。

「妾屋に来るくらいでございますから、しきたりくらいは知っておられると思いましたよ」

「ううう」

みえがうなった。知っていると白状したも同然であった。

「武家の妾となるには、未婚で子のないこと。のちのちのもめ事を避けるための決まり。妾奉公を望む者ならば、知っていて当たり前」

三人の女の顔を昼兵衛は見た。

「妾は、遊郭の遊女ではありませぬ。借金の形に売られたわけではないのでございますよ。己から妾奉公を望んで、山城屋へお出《い》でになった。そうでございますな」

昼兵衛が確認した。

「みつさんでしたか、あなたは妾奉公が二度目でございましたな。前は、深川の材木商の番頭さん。のれん分けしてもらい、店を出すについて金が入り用となったため、お暇を出された」

別の女に昼兵衛は問うた。

「はい」

「なぜ妾奉公を続けようと」

「普通のお店《たな》奉公と違い、朝も遅くてすみますし、お仕事があるのは、旦那が来られた日だけ。それでいてお金は普通の何倍もいただけますし」

みつが述べた。

「初《はつ》さん、あなたも同じですな」

「…………」

無言で初が首肯した。

「みえさん、子供はどこに」

「…………」

昼兵衛の問いにみえが沈黙した。

「しかたありませんね。出て行ってもらいましょう」

逆らうみえへ昼兵衛が告げた。

「今日までの宿賃を精算していただきますよ。十日ごとの約束で、三日前に支払いが一度すんでますので、お代は百五十文」

手を出した昼兵衛へ、みえが金を渡した。

「たしかに」

昼兵衛が数えた。

「では」

にらみつけてくるみえを気にもせず、昼兵衛が大広間を後にした。

「………」

追うようにしてみえが降りてきて、挨拶《あいさつ》もせずに去っていった。

「なってませんね。奉公構い書を出さなければいけません。妾屋稼業の信用を落とすような女は、排除しなければ」

奉公構い書とは、悪事を働いた奉公人などに出されるものである。なにをやったかが書かれ、江戸中の口入れ屋に回された。一度出されると、二度と江戸で仕事を求めることはできなくなる。

「困りましたな。上のお二人でもよろしいのですが、ちと仙台さまのお妾に推薦するとなると品がない」

構い書を認《したた》めながら、昼兵衛が呟いた。

「できれば、お武家さまの出がよろしいのですがねえ」

昼兵衛が悩んだ。

妾奉公を望む女は少ない。妾を囲おうかと考えている男たちにとって、手近な芸者や水茶屋の女を口説くのが手っ取り早い。わざわざ妾屋に斡旋を求めてくる客は多くなかった。

妾屋へ来るのは、女の身元がはっきりしていないと困る身分ある武家や、かなり資産のある商家、はやり医者などである。これは、あとあとの始末を考えての選択であった。それだけに妾屋は信用第一であり、斡旋したあとまで責任を負った。

「昨今、股を開くだけが妾の仕事と勘違いしている女が増えました。妾の仕事は閨ごとよりも安らぎ。男をいやすのが本業なのですがねぇ」

筆を置いた昼兵衛が嘆息した。

「ちょっと訊いてみますか」

昼兵衛が立ちあがった。

「少し回ってくる」

店を番頭に任せて、昼兵衛は店を出た。

最初に昼兵衛は、町内の家主を訪ねた。

「ごめんください」

「おや、山城屋さんじゃないか。どうしたんだい」

家主が顔を出した昼兵衛へ尋ねた。

「お持ちの家作のなかで、妾奉公を望んでいるお方はおりませんかね」

「妾奉公かい。そうだねえ。最近は聞かないなあ」

「そうでございますか。もし、おられましたら、是非お教えくださいまし」

「わかったよ。気にしておこう」

昼兵衛の頼みに家主がうなずいた。

江戸に妾屋は何軒かある。昼兵衛は、つきあいのある妾屋の障子を開けた。

「じゃまするよ」

「これは、山城屋さん。ちょっとお待ちを。旦那さま。山城屋さんがお見えでございまする」

玄関にいた番頭が声をあげた。

「……これは珍しい」

すぐに主が顔を出した。

「陸奥《むつ》屋さん、ちょっとお願いがあるんだがね」

「……女の融通でございますかな」

同業である。すぐに用件は通じた。

「で、どのような女をお探しで」

陸奥屋が問うた。

「こういう条件なんだが」

昼兵衛が話した。

「難しいですなあ。番頭さん、帳面を貸しなさい」

妾奉公を願う女を記した帳面を陸奥屋が求めた。

「これが条件に近いが……だめですな。つい先日奉公先から戻ったばかり。月のものもまだ確認できていないようで」

陸奥屋が眉をひそめた。

妾屋にとってもっとも大事なのが、月経の確認であった。送り出す前に、かならず月のものがあることを確認しておかねば、妊娠した場合、誰が父親なのかわからなくなるからである。

「あいにく、うちにも手持ちがございませんねえ」

申しわけなさそうに陸奥屋が首を振った。

「すまなかったね。もし、条件に合うような女が来たら、教えてくださいよ」

礼を言いながら昼兵衛が頼んだ。


数日動き回った昼兵衛だったが、収穫はまったくといっていいほどなかった。

「困ったな」

昼兵衛は独りごちた。

妾屋というのも商いには違いなかった。相手の求める人物を探し出し、送り出す。代わりに斡旋料という金をもらう。商品の売り買いとなんら変わりはなかった。だけに、注文に応じきれなければ、信用を失うこととなる。

「伊達家を客にできるのは大きい」

六十二万石ともなれば、千石をこえる家臣も多い。またつきあいのある大名方もかなりの数になる。この依頼をやりとげれば、それらが山城屋の客になってくれるかも知れないのだ。

「しかし、手の打ちようがない」

困ったと昼兵衛は頭を抱えた。

適当にその辺を歩いている女を妾になりませんかと口説くわけにはいかなかった。武家の娘や人妻だったりすれば、大きな問題になる。

「ううむ」

昼兵衛がうなった。

「ごめんくださいませ」

おずおずといった感じで戸障子が少しだけ開いた。

「こちらで奉公先をご紹介いただけるとうかがいまして」

開けられた隙間《すきま》から、顔だけ出して女が言った。

「たしかに口入れ稼業を営んでおりまするが、女中奉公の斡旋はいたしておりません」

昼兵衛が断った。

「いえ、あの」

気まずそうに女が口ごもった。

「ああ、なるほど。だったら、うちでまちがっておりませぬよ」

妾奉公の経験がない女は、こういった態度を取ることが多い。

すぐに昼兵衛はほほえんだ。

「お入りくださいまし」

「ごめんくださいませ」

勧められて、ようやく女が店へ足を踏み入れた。

「どなたのご紹介で」

昼兵衛は紹介者の名前を問うた。

もともと妾屋は、表通りで大手を振って商いのできるものではない。山城屋の場所もわかりにくいし、なにより戸障子に妾のめの字も書いてないのだ。通りすがりに見つけたとか、自力で探し当てたとかはまずありえなかった。

「家主の源兵衛さまより聞きまして」

女が答えた。

「源兵衛さんでございましたか。で、お名前は」

「菊川八重《きくかわやえ》と申しまする」

「失礼ながらお武家さまで」

名乗った女に昼兵衛は確認した。

「はい。浪々の身ではございまするが」

「どちらのご出身で」

「それはご勘弁くださいませ」

首を振って八重が拒んだ。

「申しわけございませんが、そういうわけにはいきませんので。なにぶん、わたくしどもがご紹介申しあげているお相手は、皆さま身分のあるお方ばかり。お旗本、諸藩のご重職、大店《おおだな》の主、と身元の明らかでないお方をお送りするわけには参りません。どうしてもとおっしゃるならば、お帰りいただくことになりまする」

冷たく昼兵衛は宣した。

「…………」

八重が黙った。

「お覚悟がおできになってからもう一度お見えくださいませ」

「それでは困るのでございまする。どうしてもお金が入り用で」

帰れと言われて八重が、慌てた。

「困りましたな。身元を明かさずお金が欲しいとなれば、わたくしどもでなく、吉《よし》原《わら》へお行きになればよろしい。あそこならば、何も訊かず二十八歳までの年期奉公を引き受けてくれますする」

昼兵衛が述べた。

「誰ともわからぬ者の相手をするなど……」

八重が震えた。

「菊川さまとおっしゃいましたな。身分がどうのこうのと言えるお立場ではございますまい。お武家さまの名誉というもので、米が買えまするか。店賃《たなちん》を払えまするか。払えますまい。お金がないのは、首のないのと同じ」

「…………」

「お金を稼ぐために、皆働いておるわけでございまする。百姓は田を耕し、職人はものを作り、商人は売り買いをする。お武家さまは、命をかけた代償として禄をもらっておられる。その禄を失った以上、あらたな手段でお金を稼がねば生きてはいけませぬ。この世でただなのは、空気だけでございますよ」

「…………」

昼兵衛の指弾に八重はなにも言い返せなかった。

「それともう一つ。禄を離れたお武家さま、世に言う浪人は、武士ではございませんよ。庶民と同じ。身分だの家名だの言える立場じゃございません」

「ぶ、無礼な」

八重が怒りを口にした。

「仕事も金もないのに、えらそうにだけする。己の身体で稼いでいるだけ、吉原の遊女のほうが、まだましでございますな」

「うっ」

氷のような目で昼兵衛に見られた八重が絶句した。

「どうぞ。お帰りを」

慇懃《いんぎん》無礼な態度で昼兵衛は頭を下げた。

「…………」

肩を落として八重が出て行った。

三

「金が足らぬ」

伊達藩勘定奉行高蔵源之助《たかくらげんのすけ》が、苦吟していた。

「借銀の利払いにも足りぬ」

焼け落ちた木挽町の下屋敷の再建、そのために江戸の札差《ふださし》から借りた金の返済期限が近づいていた。

「やむを得ぬ」

懐に辞表を忍ばせ、高蔵は若年寄井伏左近《いぶせさこん》のもとへ伺候した。

「どうしようもないか」

「はい。どうしようもございませぬ」

井伏から確認された高蔵がはっきりと述べた。

「木挽町の下屋敷の再建費用が止《とど》めとなりましてございまする」

高蔵が肩を落とした。

「藩士たちの俸禄《ほうろく》を一時借りあげて……」

「すでに三度にわたりおこなっておりまする。禄の半分を取りあげている状態で、さらにとなりますると、藩士たちが生きてはいけませぬ」

　提案を高蔵が否定した。

「お家の大事じゃ。一年や二年の窮乏がなんぞ」

「ご無礼を承知で申しあげまするが……」

　高蔵が井伏を見た。

「万石や千石のお歴々はまだよろしゅうございまする。半減したところで、どうにかなりましょうが、五十石や三十石の者はどうしようもございませぬ。衣服は十年替えることなく、白米は婚礼か元服の祝いでなければ見ることもない。魚が膳《ぜん》にのるのは、年に一度。すでにこのような状況なのでございまする。この上、さらなる耐乏を命じるなど、藩士に死ねと言うも同じ」

　今でこそ勘定奉行という要職にあるが、高蔵ももとは百石の下級藩士である。貧乏暮らしの辛《つら》さはよく知っていた。

「だが、藩が潰れては本末転倒であろう。では、帰農できる者を召し放とう」

井伏が人減らしを口にした。

「反乱が起きまするぞ」

とんでもないと高蔵が止めた。

「禄があればこその武士。召し放たれては、両刀を差すことも許されぬ身となりまする。戦国以来伊達家に仕えてきた矜持《きょうじ》まで奪うこととなれば、若年寄さまのお命を狙《ねら》う者も出て参りまする」

「慮外者めが」

聞いた井伏が怒った。

「ではどうせいというのだ」

「わたくしではわかりませぬ。若年寄さま。わたくしめ非才にて、勘定奉行の任にたえかねますをもって、職を辞させていただきまする」

高蔵が懐から辞表を出した。

「たわけが。辞めてすむと思うな。己一人楽をするなど、許さぬ。勘定奉行を辞めるというならば、士籍から抜くぞ」

士籍とは、藩士の名簿のようなものである。ここに名前が載っていればこそ、武士として扱われ、禄が払われる。士籍から削られるとは、武士ではなくなり、庶民となることであった。

「……そんな」

井伏の脅しに、高蔵が息を呑んだ。

「逃がさぬ」

厳しい目で井伏が、高蔵をにらんだ。

「どうにかせい」

「無理でございまする。もう、我が藩に金を貸してくれる商人はおりませぬ」

泣きそうな顔で高蔵が言った。

「どのくらい足らぬのだ」

「少なく見て四万両……」

「四万両……」

井伏もうなった。

「ですが……四万両あっても当座をのりきるだけでございまする。続いた凶作の借銀は一文も減りませぬ」

高蔵が絶望を述べた。

「十年で我が藩の財政を立て直すには、どのくらいあればいい」

「……十年でございまするか」

しばし高蔵が沈思した。

「年五万両あれば……ただし、その十年以内に天災凶作がないとしてでございまするが」

高蔵が答えた。

「年五万両……石高になおして十万石か」

年貢を五公五民にすれば、十万石の土地から五万石を収納できた。米はおよそ一石で一両なので、五万両を得るには十万石の領地が要った。

「我が藩にもう新田を開発するだけの土地も、金もございませぬ」

呟くように言った井伏へ、高蔵が忠告した。

「賜ればいい」

「なんと仰せられた」

「幸い、藩主斉村さまには、お子さまがない」

「な、なにを……」

　高蔵の顔色が変わった。

「上様には、すでに男子がおられる。御嫡男竹千代さまは、十二代さまになられる。

だが、以降の若君さまは、どこかの大名へご養子に行かれることとなる。それが伊達家でもおかしくはない」

「口にされていることの重大さをおわかりでございましょうな」

「わかっておる」

　冷徹な顔で井伏が高蔵を見つめた。

「伊達の、政宗公以来のお血筋を断たれるおつもりか」

　高蔵が激した。

「斉村さまには、妹君がおられる。その妹君に若君さまをお迎えすれば、伊達の血は残る」

「では、斉村さまには……」

「十年ほどでご隠居願えばいい」

「その間に斉村さまの和子さまがお生まれになれば……」

「お生まれにならぬ。お胤《たね》が宿られたとしても、やりようはいくらでもある」

井伏の目が光った。

「ひっ」

「御三卿の例を見てもわかるように、将軍家のお血筋は十万石格となるのが慣例じゃ。当然、我が伊達家も持参領十万石をいただけよう。そうじゃの。できれば、その十万石は、駿河《するが》か、甲府かそのあたりにいただければありがたい。あのあたりは、冷害や大雨があまりないと聞く」

「……わ、わたくしは、仕事がございますので」

独りごちている井伏を置いて、高蔵が逃げ出そうとした。

「どこへ行く」

「………」

高蔵の背中へ井伏が声をかけた。

「腹切りたいか」

「な、なぜわたくしが腹を切らねば……」

井伏の言葉に、高蔵が反発した。

「藩の収支をここまで悪化させたのは勘定奉行の責任であろう。勘定奉行とは、算《そろ》盤《ばん》をおくだけが仕事ではない。藩士たちにいっそうの倹約を命じるには、施政側もそれだけの覚悟を見せねばなるまい。勘定方を取り仕切る奉行が腹切ったとなれば、藩士たちも納得しよう」

「無茶な……」

「どこがだ。筋のとおった話ではないか」

感情のこもらない声で井伏が述べた。

「よく考えろ。我が藩がこれほどの窮乏に陥った原因は重なった天災と凶作だ。だが、その前に、幕府から課されたお手伝い普請が伊達の藩庫を空にした」

「………」

幕府は謀反を起こすだけの国力を持つ外様の大名たちへ、毎年のようにお手伝い普請を命じた。江戸城の修理であったり、街道の整備であったりするそれは、幕府の命《めい》によりおこなわれるものでありながら、材料、人足などの費《つい》えいっさいを担当する大名が持たなければならなかった。

さすがにここ最近は幕府も伊達家にお手伝いを命じては来ていないが、かつては江戸城の普請や日光東照宮の修復など、費用のかかる仕事を押しつけられてきた。

「若君さまをお迎えすれば、お手伝い普請はなくなるのだぞ。それだけではない、領内での天災、凶作に幕府からお見舞い金を下賜してもらえるようになる。もちろん、上様お手元金を貸していただくこともできよう」

「……お手伝い普請の免除、見舞金の下賜、お手元金の拝領」

高蔵が大きく息を吸った。

勘定方としてもっとも頭の痛い要因がすべてなくなると言われたにひとしいのだ。

高蔵が座り直したのも当然であった。

「よいか、儂はなにも伊達の血を仙台からなくそうと言っているのではない。若君さまに娶《めと》っていただいた姫さまだけで足らぬのならば、ご一門の姫を側室としてあげることも考えている。政宗公の血を絶やさぬための努力は惜しまぬ」

「まことでございまするか」

「儂は米沢《よねざわ》譜代ぞ。忠義は伊達にある」

念を押す高蔵へ、井伏が宣言した。

米沢譜代とは、伊達家の本城が米沢であったころより仕えている者のことをいい、家中でも名門とされていた。

「殿には、ご隠居願うことになるが、音曲詩歌などお好きなことをしていただけるのだ。それに若君さまになにかあれば、殿がふたたび藩主となる」

「……………」

高蔵が沈黙した。

「それにな。勘定方で腕を振るえば、そなたも若年寄にはなれよう。そうよな、家格もあがるぞ。さすがに着座までは無理であろうが、太刀上くらいにはなれよう。当然、ふさわしいだけの禄もな」

今度は利で井伏が誘惑した。

伊達家には、他家にない細かい家臣の区別があった。家格が一つ違うだけで、城中での席から、初任でつける役目まで変わってきた。

最後の毒であった。

「わかりましてございまする」

井伏の言葉に、高蔵が屈した。

「千両用意せい」

「無茶でございまする。そんな金どこにもございませぬ」

高蔵が驚愕《きょうがく》した。

「上様のお子をいただくのだ。それだけの手配をせねばならぬであろう。儂は今から小姓の林出羽守《でわのかみ》さまにお願いしてくる」

「小姓でございまするか」

怪訝《けげん》な顔を高蔵がした。

将軍の小姓といえば、君側にたえず仕える寵臣《ちょうしん》である。しかし、その身分は若年寄支配、五百石高、布衣《ほい》格を与えられるが、それほど高いものではなかった。

「出羽守さまは、別格なのだ。あのお方は部屋住み十六歳で小納戸《こなんど》へなられ……」

「十六歳で小納戸でございまするか」

語り出した井伏を止めて、高蔵が目をむいた。

部屋住みとは、まだ家督を継いでいない者のことだ。将軍家への目通りもすませておらず、よほどのことがないかぎり召し出されることはなかった。例外として小姓があるとはいえ、将軍家の子女の遊び相手でしかない。将軍の身のまわりの世話をするのが任の小納戸には気働きが求められる。まだ世にも出ていない部屋住みには重い。その小納戸として務めたというのは、林出羽守がなまなかな人物ではないとの証《あかし》であった。

「うむ」

遮られた井伏が苦い顔をした。

「そこで出羽守さまは、上様の寵愛《ちょうあい》を受けた」

「寵愛……」

繰り返した高蔵へ、井伏がうなずいた。

寵愛とは男色の相手を務めることである。

「儂にはわからぬが、男色というのは、男女の睦《むつ》み合いより深いという。それもあって、出羽守さまは小納戸から小姓へと出世された」

将軍の側にいることに違いはないが、小納戸は雑用係であり、身分としては小姓よりも格下であった。役高などは同じだが、小納戸から小姓への異動は出世であった。

「さすがにもう出羽守さまが、上様の閨へ侍《はべ》ることはなくなったらしい。だが、その寵愛は色あせるどころか増すばかりだという」

「なるほど」

「それにな。ご老中方や、上様のお父君である一橋卿《ひとつばしきょう》にお願いするとなれば、千両ではきくまい。出羽守さまならば、それほどの金を包まずともすもう」

「さすがでございまする」

井伏の考えに高蔵が膝を打った。

「あとでもう少し要るようになろうが、今はご挨拶だけじゃ。百両やそこらでは、伊達の底を見透かされかねぬ。のちのち十万両になると思い、なんとか千両用意せい」

「わかりましてございまする」

高蔵が平伏した。

四

一日おいて、ふたたび八重が山城屋を訪れた。

「お願いいたしまする」

昼兵衛に八重が頭を垂れた。

「覚悟を決めなさったようでございますな」

「はい」

八重がうなずいた。

「では、身のうえをお伺いいたしまする。嘘偽《うそ》りがわかった場合は、江戸、大坂、京の口入れ屋に奉公構い書を出すことになりますので、ご注意を」

最初に昼兵衛が念を押した。

「承知いたしております」

「ならばけっこうでございまする。では、最初にお名前から」

「浅草田原町《たわらまち》三丁目源兵衛店に住まいしております。菊川八重でございまする」

すらすらと八重が名乗った。

「お武家さまでございますな。どちらのご出身で」

「もとの主名はご勘弁くださいませ。奥州の出でございまする」

「奥州の……一つだけ確認させていただきますが、仙台さまとは……」

「かかわりはございませぬ」

「ならばよろしゅうございまする」

ほっと昼兵衛が息をついた。

「ご家族は」

「弟だけございまする」

「ご両親は」

「この半年の間に、相次いで亡くなりましてございまする」

八重が淡々と答えた。

「ほかにご係累は……」

この質問に八重の表情が一瞬硬くなった。

「国元に叔父が二人おりまするが、今はまったくかかわりございませぬ」

きっぱりと八重が告げた。

「さようでございまするか」

帳面に記入していた筆を昼兵衛は置いた。

「さて、失礼ながらお武家さまの娘さんが、妾奉公をなさろうとお考えになったわけを聞かせていただきましょう」

昼兵衛が真剣な声で問うた。

「弟に学問をつけてやりたく」

「学問を」

「はい。これからは刀ではなく筆の時代でございまする。学がなければ、仕官することも難しいとある人に教えられまして」

八重が述べた。

「たしかにそのとおりでございましょうが、学問を身につけるだけならば、なにも妾奉公せずとも、普通の女中奉公でもできましょう」

疑問を昼兵衛は口にした。

「足りぬのでございまする」

「なぜ」

昼兵衛が先を促した。

「学問といっても、そのあたりの寺子屋では意味がございませぬ。世に出るにはそれだけの素地が要りましょう。となれば、片手間でどうにかなるものでもございませぬ。私塾などで住みこみという形を取ることになりまする。弟子として才能を認められての住みこみならば、金子《きんす》もさほど要りますまいが、でなくば、日常の入り要を手配せねばなりませぬ。他に謝礼なども払わねばなりませぬ」

「そこまでかかりましょうや」

塾の費用は、節季ごとに二分ずつ包む慣習で、おおむね年二両ほどである。それに日々の雑費をくわえても五両あればやっていける。普通の女中奉公が、衣食付きの住みこみでおよそ年三両、足りないには違いないが、水茶屋などで働けば、心付けなどで月に一両をこえるのも珍しくはない。

「弟を世に出し、菊川の家名を再興せねばならぬのでございまする」

きっと八重が表情を引き締めた。

「菊川は、武をもって仕えておりました。禄高も藩中では多いほうであり、藩でも名門の一つでございました。それが藩の窮乏を救うためとして、放逐されてしまいました。武はこの泰平に無用の長物なり。それだけの理由で」

鬱々《うつうつ》としたものを八重が吐き出した。

「ならば、学で菊川の名をあげて、わたくしどもを追い出した連中を見返してやらねばなりますまい。そのためには、弟を世に出すだけの力を持つ師のもとへ預けなければなりませぬ」

「世に出すだけの力を持つ学者でございまするか」

昼兵衛が繰り返した。

「かつて正徳の治をおこなわれた学者新井白石どのは、師木下順庵《きのしたじゅんあん》どののご推挙で六代将軍家宣《いえのぶ》さまにお仕えしたと聞きまする。吾が弟も同じように道を作っていただきたく、高名な師のもとで修業させたいのでございまする」

「……………」

「高名な師ともなりますれば、弟子も多い。そのなかで師のお覚えめでたくなるには、学問は当然のことながら、金も入り用となりましょう。見栄《みば》えも悪ければ疎んじられましょう。着ているものがつぎはぎだらけであれば、侮られましょう。他にも本を買う代金、身体を保つための食事代、同僚や先達とのつきあいなど、お金はいくらあっても足りませぬ。普通の女中奉公や、茶屋娘ていどでは、間に合わぬのでございまする。もちろん、遊郭へ身売りいたせば、大きなお金は入りまする。なれど、姉が遊女になれば、それはかならずや将来弟の足かせとなりましょう。対して妾奉公ならば、それ相応のお金も入り、世間への聞こえも普通の奉公とごまかせまする」

理由を八重が述べた。

「わかりましてござる」

納得したと昼兵衛が言った。

「最後に、好きあった男などはおりませぬな。もちろん、身ごもってなど」

「そのようなみだらなまねはいたしたこともございませぬ」

はっきりと八重が宣した。

「よろしゅうございましょう」

うなずいて昼兵衛が、八重をじっと見た。

「お脱ぎください」

「……えっ」

八重が驚愕した。

「入れ墨などが隠されていないかどうか、たしかめねばなりませぬので。ああ。決して手を触れることはございませぬ。妾屋が絶対にしてはいけないことでございますからな。商品に手を出すのは」

淡々と昼兵衛が言った。

「入れ墨などございませぬ」

両手で身体を抱くようにしながら。八重が首を振った。

「商品だと申しあげたはずでございまする。商品に傷があるかないか、己の目で確かめない商売人などおりませぬ。さあ」

強い口調で、昼兵衛が促した。

「…………」

うつむいたまま八重が黙った。

「覚悟してこられたのではございませぬか。お妾奉公をするというのは、今日会ったばかりの雇い主と身体を重ねるということ。どころか、子をなすことさえあるのでございますよ。裸を見せるくらいで戸惑っていて、妾が務まるとお思いか」

昼兵衛が断じた。

「妾の仕事は、まず、脱ぐことですよ」

「……ですが」

まだ八重がためらった。

「町屋《まちや》の女ならば、すっと脱げるのでございますがね。銭湯にかよっておりますから」

「えっ……」

八重が驚いた。

「ご存じないので。銭湯の屋根には覗《のぞ》き穴が空いておるのでございますよ。二階から女湯を覗けるようにとね」

「そんな」

「男の客を呼ぶためでございますよ。銭湯も商売。人に来てもらわねば成りたちませぬ。とくに、江戸は男の多いところ。男を呼ばずして、なんの商いもちませぬ」

ゆっくりと昼兵衛が説明した。

「そんな……女たちは……」

「知っておりまする。でも気にしないので。子供のころからずっとかよっておりますから。見せたくなければ、家で行水をすればよいだけ」

あっさりと昼兵衛が述べた。

「だから町屋の者どもは……」

「ご矜持がお高いのはけっこうでございまするが、いつまでもお武家のお嬢さまでは、生きていくのが厳しゅうございますよ」

　吐き捨てようとした八重を昼兵衛が遮った。

「妾になるためにここへ来た。この段階であなたはもう武家のお嬢さまではございません。女の身を売りものにする商人なのでございますよ。商品を見せずに売りつけようなど厚かましいと思われませぬか。少なくとも、わたくしならば買いませぬな」

　未だ納得していない八重に、昼兵衛があきれた。

「……………」

　八重がきっと昼兵衛をにらんだ。

「お帰りになられまするか。弟さまを世に出すのでございましょう」

「……承知」

　短く言うと、八重が帯を解き始めた。

「……くっ」

長襦袢《ながじゅばん》のしごきを解くところで、一度ためらいを見せたが、そのまま八重は肩から滑り落とした。

「ふむ」

じっと昼兵衛が見た。

「これはちょうどよいかも知れぬ」

「どういう意味じゃ」

八重が厳しい声で問うた。

「下も」

それに応えず、昼兵衛が命じた。

「…………」

射殺すような目つきで昼兵衛を見ながら、八重が湯文字の紐《ひも》に手をかけた。

「ごめんを」

無遠慮に昼兵衛が股間《こかん》を注視した。

「けっこうでございまする。どうぞ、身形をお整えくださいまし」

昼兵衛が着てよいと言うなり、八重がすばやく背を向け、着物を身につけた。

「ちょうどよいご奉公先がございまする。よろしければ、これからお目見えといたしたく存じまするがごつごうは」

「……少しでも早いほうがありがたい」

まだ八重の口調は硬かった。

「では、参りましょう。その前に、一つだけ。下のお手入れをお願いいたしまする。そのままでは、毛切れなどをおこしまするゆえ」

「……下の手入れ」

「誰にでもある下の毛でございますが、あまり長いとお相手のものに絡んで、切れることがありますので」

「…………」

八重が真っ赤になった。

「お目見えが無事すみ、ご奉公となりましたら、こちらから手慣れた女を一人行かせますゆえ、やり方などを覚えてくださいますよう。妾の仕事でございまするよ。己の身体の手入れも」

昼兵衛が感情の読めない声で告げた。

「では、参りましょう」

立ちあがった昼兵衛が、八重を促した。

第二章　利害相克

一

大名の家は何をするにもいろいろな手続きが入り用であった。

「殿にご側室でござるか」

芝口三丁目の上屋敷勘定方詰め所で勘定奉行高蔵源之助が、用人坂玄蕃の言葉に驚いた。

「いかにも。殿には、お世継ぎさまをお作りいただかねばならぬ。藩祖政宗公以来の名門、伊達家のお血筋を次代へ繋いでいただくことが、なによりの急務」

玄蕃が力説した。

「お言葉ではございまするが、先だってご婚礼の儀式をすませたばかりではございませぬか。まだご正室さまとのお床入りも終わっておらぬうちからご側室さまとは、ちと外聞がよろしくはございませぬか」

「そのようなことはない。ご正室さまをお迎えする前というならばご好色のそしりも受けようが、すでにご成婚もなされたのだ。問題はない。それにこのことは、立花さまのご了解を得ておる。だけでなく、殿のお許しも出ておる」

高蔵の懸念を玄蕃が否定した。

「殿と立花さまの……」

聞かされた高蔵が、目を見張った。

「そうじゃ。それともなにか、貴殿は殿にお子さまができることを喜ばぬとでも」

「と、とんでもございませぬ」

あわてて高蔵が首を振った。

「では、なにが気に入らぬのだ」

それでも乗り気にならない高蔵へ、玄蕃が問いかけた。

「……有り様は……」

高蔵が口ごもった。

「申せ」

　玄蕃が命じた。

「金がないのでござる」

　開き直ったかのように高蔵が言った。

「……金だと」

「さようでござる。ご側室をお迎えするとなるとどれだけ費用がかかるか、お考えになられておられまするか」

　高蔵がくってかかった。

「ご用人さま、ご側室となるお方は、家中の娘御でございまするか」

「いいや。口入れ屋の斡旋じゃ」

　問われた玄蕃が否定した。

「妾屋でございまするか」

　いっそう渋い表情を高蔵が見せた。

「もちろん身元は確認してあるぞ」

「それは信用いたしておりまする。妾屋をつうじてならば、安心でございまする。

問題は、家中の娘より金がかかるということで」

「また金か……」

「まずご側室の手当が要り用となりまする」

嫌な顔をした玄蕃を無視して高蔵が話し始めた。

「お目見え格となりますので、少なくとも年に五十石は出さねばなりませぬ。続いて、ご側室の実家《さと》への手当も出さねばなりませぬ。これがやはり年に五十石。続いて、ご側室の身のまわりを世話する女中をあらたに雇い入れねばなりませぬ。お目見え以上の身分が二人、着替えなどの日常を世話する下女が二名、台所風呂などを担当する者が三名。それにご側室が外出されるときの警固を担う者が二名は要りましょう。もちろん藩士から選びまするゆえ、禄はそのままでございまするが、手当は支給せねばなりませぬ。これら人手にかかるのが、年に百両。そこに食費、衣装費、その他雑費などもかかって参りまする。合わせればおそらく三百両ではきかぬかと」

「そのくらいの金、殿のおためであるぞ」

「簡単に言われるな。我が藩の窮乏をどうお考えか」

直属の上役ではないが、身分上の用人を高蔵が怒鳴りつけた。

「三百両。六十二万石からすればさしたる嵩《かさ》ではないようにお考えであろうが、とんでもないことでござる。今、我が藩の借財がどれだけあるかご存じか。六十五万両でござるぞ。六十五万両」

「六十五万両……」

あまりの金額に玄蕃も絶句した。

「借財には利子が付きまする。借りている相手によって変わりまするが、多くは年四分。利子だけで、一年に二万六千両にもなるのでございますぞ。これは、ご分家田村さまの年収のおよそ倍」

少し落ち着いた高蔵の口調が柔らかくなった。

「ううむ」

すさまじい金額に玄蕃はうなるしかなかった。

「その上、ここ近年の不作、天災で、利払いすらできておりませぬ。さらに木挽町の下屋敷の建て直しもあり、我が藩の財政は、一両の余裕もないのでございまする」

高蔵が一気に述べた。

「我が藩の窮乏は理解した。だが、藩主にお世継ぎをもうけていただくことも重要なのだ。世継ぎなきは断絶。これが幕府の法である。このようなことを申しては不敬であるが、ご正室さまは、未だ女の印を見ておられぬという。それでは、ご夫婦のことはもちろん、子をなすこともできまい。ご正室さまがご懐妊なさるまでになにかあれば、伊達家存亡の危機となる」

「それはわかりまする。ですが、俗にも、ない袖《そで》は振れぬと申しますように、金が足りぬのでございまする」

「どうであろう。すべてを減らしては。そうじゃの、ご側室のお手当を四十石、実家への援助を三十石。目見えの女中は一人、下女は二人、警固は一人。衣食住もできるだけ始末していただく。これではどうじゃ」

「それでも百五十両は要りまするぞ」

「それくらいはどうにかなろう」

「無茶を言われる……」

あきれた顔で高蔵が沈思に入った。

「……どうやっても百両が限度でございますな。お手当をさらに減らしていただき、警固は手の空いた江戸番馬上あたりに申しつけていただくとして」

「そうか。どうにかなるか」

「まことぎりぎりでございまする。お一人きりでお願いをいたしまする」

「わかっておる。当座、江戸ではお一人で様子を見る。一年経って、ご懐妊の兆候がなければ、別の者を推挙せねばならなくなるが、そのおりは、今回の側室に暇を出す。これでよいか」

「よろしくはございませぬが、いたしかたありませぬ」

玄蕃の言いぶんに高蔵が妥協した。

「ついては支度金と、口入れ屋に払う仲介金を頼みたい」

「わかりましてございまする。なんとか、工面をいたしましょう」

「頼んだぞ」

嘆息した高蔵を残して、玄蕃が勘定方の詰め所を出て行った。

「井伏さまの仰せられるとおりよな。藩主のお世継ぎは、金食い虫じゃ」

一人になった高蔵が呟いた。

「ご側室の間はまだいい。お子さまでもできたら、お部屋さまとなる。そうなれば、ご一門扱いとなり、女中の数も増やさねばならぬ。当然、生まれたお子さまにも人を付けることとなる。金がどれだけかかるか、考えただけでもおそろしい」

高蔵が身を震わせた。

「娘がお部屋さまとなれば、実家への対応も変わる。少なくとも藩士として召し抱えなければならぬ。もし男子でも生まれてみよ。お世継ぎさまの生母、その実家となれば、少なくとも老職格としての待遇をせねばならぬ。千石は最低でも給さねばなるまい。その千石を捻出《ねんしゅつ》するため、何人の藩士を放逐せねばならぬことになるやら……」

嘆息した高蔵が、腰をあげた。

「とてもではないが、金がもたぬ。井伏さまにお報《しら》せをせねばな」

高蔵が勘定方詰め所を後にした。

「立花がか……」

報告を受けた井伏が頬をゆがめた。

井伏と立花は共に若年寄である。名誉職に近い奉行の下で実質藩政を担っているのが若年寄であり、藩中でも切れ者でなければ務まらなかった。

「出がよいからと、ちと図にのっておるの」

井伏が吐き捨てた。

平士の出でしかない井伏に対し、立花は着座である。今でこそ肩を並べているが、政にかかわらない伊達家先祖代々の祭祀《さいし》などでは、同じ部屋に座ることさえできなかった。

井伏が座敷でさえない廊下で、遠く藩主の顔を見ているとき、立花は座敷の奥で直接藩主と会話しているのだ。そして、これは若年寄という役目を終えたとき、ふたたび現実のものとして井伏の前に戻ってくる。

若年寄を勤めあげれば、家格は一代限りとはいえあげられる。それでも、着座には遠く及ばない。

「先祖の功績にあぐらをかいておるだけのくせをして」

井伏が憎々しげに言った。

「それにしても、もう、そこまで手を打っているとは、さすがとしか言えぬな」

立花の実力を井伏が認めた。

「こちらも急がねばなるまい。千両の工面はできたか」

「明後日には、なんとか」

　高蔵が答えた。

「よし。では、明後日にお訪ねすると使者を出しておかねばの」

　小姓とはいえ、相手は旗本である。大藩伊達家の重臣とはいえ、陪臣でしかない井伏は、直臣《じきしん》である旗本より一段下なのだ。不意の来訪は失礼であった。

「……側室のことだが」

「はい」

「妾屋の手を介すると言ったな」

「と、坂さまは仰せでございました」

「身分に難癖をつけるか」

「難しゅうございましょう。おそらく家中の者の養女としてお側へあげる算段はすでにつけておられるでしょうから」

　玄蕃の抜かりなさは、藩中でも有名であった。

「となると……」

険しい顔を井伏が見せた。

「妾屋に手を回して、女を取り下げさせまするか」

「できるのか」

「金次第でございましょうが」

「任せる」

「承知いたしましてございまする」

高蔵が首肯した。


翌朝、高蔵は坂玄蕃を捜した。

「ご用人さま」

「なんじゃ」

呼び止められた玄蕃が、問うた。

「あの口入れ屋はどこでございましょうや。支払い先の伝票を作らねばなりませぬので」

「おお。そうであったの。浅草の山城屋じゃ」

「承りました。では、これにて」

訊いた高蔵は、その足で上屋敷を出て浅草へと向かった。

「どこにある」

目立たない山城屋に高蔵は戸惑った。

「ちょっとものを尋ねたい」

高蔵は近くにいた職人風の男に声をかけた。

「へい。なんでござんしょう」

「山城屋を探しておるのだが」

「……山城屋でございますか。ここらに三軒ございますよ。古着と酒と女の」

「口入れ屋の山城屋なのだが」

「女屋の山城屋でございますな。それならば……」

指で曲がる角を指しながら、職人風の男が教えた。

「要らぬ恥をかいたわ」

下卑た笑いを浮かべて去っていった職人風の男に、高蔵は憤慨していた。

「ここか。ごめん」

目立たないように諸国口入れと小さく書かれた戸障子を高蔵が開けた。

「いらっしゃいませ」

昼兵衛が出迎えた。

「おぬしが山城屋か」

「さようでございまする。失礼ながら……」

「伊達家の者じゃ」

高蔵は名前を告げなかった。

「これは、ようこそおいでくださいました。どうぞ、おかけになってくださいませ」

店の上がり框《かまち》に昼兵衛が敷きものを出した。

「かまわんでくれよ」

座りながら高蔵は、懐へ手を入れた。

「これを受け取ってくれるように」

「……これは」

差し出された袱紗を開いた昼兵衛が眉をひそめた。

「斡旋の代金でございまするか」

「いいや。逆じゃ。斡旋をやめてもらうための金である」

「受け取れませぬ」

昼兵衛が袱紗を押し戻した。

「妾の斡旋料として相場だと思うが」

「伊達さまのご家中だと承りましたが、お名前をお教え願えませぬか」

高蔵の疑問には答えず、昼兵衛が訊いた。

「黙って金を受け取るだけでよい。妾奉公を望む女にも、これを渡してやれ」

あらたに高蔵が小判を三枚袱紗にのせた。

「お断りを申しあげまする」

きっぱり昼兵衛が断った。

「なぜじゃ。山城屋は同じだけの金がもらえ、女もしばしの生活に困らぬだけのものを得る。誰も困らぬではないか」

「妾屋の信用を落とすことになりますので」

首をかしげる高蔵へ、昼兵衛が告げた。

「もちろん、商売でございますゆえ、奉公のお話を解消されることもございまする。ですが、その節は、最初にお話を持ってきてくださった坂さまからご連絡をいただかねばなりませぬ」

「儂は坂さまの代理ぞ」

「おふざけになられては困りますな」

冷ややかに昼兵衛が言った。

「あなたさまが伊達のご家中だということは、信じまする。ですが、坂さまのご使者でないことは確かでございましょう」

「何を証拠に」

「商人の勘と申しておきましょうか。とにかく、この金を持ってお帰りを」

「ふざけるではない。そなたはその金を受け取り、今度の話はなかったことにいたせばよいのだ」

高蔵が強い口調で言った。

「おい。誰か。芝口の伊達さまのお屋敷まで使いに行っておくれ。ご用人の坂さまに……」

「なにを……」

あわてて高蔵が立ちあがった。

「とにかく金は置いていくゆえ、商人ならば、金に従え」

「置いていっていただいてもけっこうでございまするが、ただいただくだけでございますよ。そちらの言うとおりにはいたしませぬ。持ち主のない金があるからもらっただけ。それでよろしければどうぞ」

「こやつめ」

「商人にとって金は大事なもの。お武家の刀と同じで。しかし、それ以上にたいせつなものが、信用で。一時の金に目をくらませて、信用を落とせば、あっという間に店は潰れまする。いわば、お武家さまでいう名でございますな」

「生意気な」

「どうぞ。お帰りを。もちろん、このことは坂さまにお伝えいたしまする」

「覚えておれ」

「お気を付けて」

憎々しげに言い捨てる高蔵へ、ていねいな口調で昼兵衛が頭を下げた。

上屋敷で昼兵衛から話を聞いた玄蕃が、難しい顔をした。

「その人体ならば、勘定奉行の高蔵源之助であろうな」

「お勘定奉行さまとは驚きましてございまする」

昼兵衛が目をむいた。

「まるで子供の使いでございました。もっと……」

「小者だと思ったか。まあ、まちがいではないな。高蔵は算勘においては、衆に優れておるが、政にかんしては、無能に近い。問題は、誰の使いだったかじゃ」

玄蕃が目を閉じた。

「側室の話を無にしたい奴か」

「お心当たりでも」

「儂に敵対する者ならば、名簿を作れるほどに思い浮かぶが……殿のお世継ぎを欲しがらぬとなれば……」

「おられませぬか」

「だの。殿にお世継ぎがなければ、藩の存続にかかわる。我ら伊達家の家中と言えるのも、藩があればこそだ。世継ぎなく藩が潰れれば、たとえ一門衆、一家という名門でも、浪々の身となるしかない」

わからぬと玄蕃が首を振った。

「お勘定奉行さまは、どなたかの手に」

「高蔵は、誰の下にいるというわけではない。あやつは金勘定しか考えておらぬようなやつじゃ」

「みょうでございまするな。たしかに側室というのは金のかかるものでございまする。ですが、その金も藩がなくなれば意味のなくなるもの。金勘定をする者ならば、誰でも損得というものを算盤におきまする」

「算盤におくか」

昼兵衛の言葉に、玄蕃が納得した。

「殿にご側室を勧める損は、金が出て行くこと。では、ご側室を迎えなければ得をするのか。それはない」

「金の入るあてがあるというのではございますまいか」

「あてだと。殿に子ができぬことで金が入るとなれば……持参金付きの養子か」

ふと玄蕃が思いついた。

「ちとお伺いいたしまするが、殿さまにお世継ぎがなくとも、他家からご養子をお迎えにならなければなりませぬか」

「いいや。殿には弟君もおられる。さらに分家もある。なにも他所《よそ》からもらわずとも跡継ぎに困ることはない。もっとも、ややこしいことになるのは確かだが」

藩主の子供であれば、問題とならないが、養子となればかならず家中はもめた。

藩主の弟を擁するにも、どの弟を選ぶかとか、分家から本家へ人を入れるのは、分不相応だとか、難癖をつけて、己のつごうのよい者を跡継ぎとしようと画策する者が出て、藩が割れる。過去跡継ぎを巡ってのお家騒動で取りつぶされたり、所領を削られた大名はいくつもあった。

「弟君さまでは、持参金など」

「出せるわけないな。分家も同じ。本家が貧しいのだ。分家が裕福なわけない」

玄蕃が否定した。

「では、どこから」

「他所の大名から取るならば、持参金も望めよう。いかに内証逼迫《ひっぱく》とはいえ、伊達は六十二万石、天下三大外様の一つじゃ。なるほどの。裕福な大名家から持参金付きの養子を迎え、藩財政に一息をつかせたいか。たしかに、それには殿のお子さまはじゃまでしかないな。まったく、伊達の将来を考えぬ、目先しか見えておらぬ勘定奉行の考えつきそうなことだ」

大きく玄蕃が嘆息した。

「よくぞ報せてくれた」

玄蕃が昼兵衛に礼を述べた。

「いえいえ。ところで、お八重さまの下屋敷入りはこのままでよろしいので。しばらくときを空けてもよろしゅうございまするが」

暗に昼兵衛が、藩論の統一を促した。

「いや、表の政ではない。ご側室の話は殿のご一存で決まる。殿が八重をお側にと仰せられれば、誰も反対はできぬ」

延期の提案を玄蕃が拒否した。

「わかりましてございまする」

一礼した昼兵衛が、顔をあげて玄蕃を見た。

「なんじゃ」

「ご無事に下屋敷まで参れまするか」

「八重に手出しをしてくると言うのか」

昼兵衛の危惧《きぐ》に、玄蕃は驚愕した。

「殿さまにお会わせさえしなければ、ご側室のお話は流れましょう」

「ううむうう」

玄蕃がうなった。

「念のため、どなたか警固のお方をお願いできませぬか。こちらで腕の立つ浪人を用意いたしてもよろしいのでございまするが、他人の手を借りまするとあとあと……」

金さえ出せば腕の立つ者はいくらでも集められた。しかし、金で動く者は金で転ぶ。昼兵衛は、あまりよい手ではないと言った。

「手配をしよう」

「お願いいいたしまする」

うなずいた玄蕃に、昼兵衛がもう一度頭を下げた。

二

江戸番馬上の役目は戦場での藩主護衛である。陣中深くまで侵入してきた敵と撃ち合ったり、戦場の動き次第では、遊軍として随時投入されたりと、藩主の目に留まることが多く、出世の機会も多い花形であった。もちろん、それに見合うだけの武芸は要求され、藩中でも遣い手と言われなければ、務まらなかった。

しかし、泰平の世になり、武士の表芸が刀槍《とうそう》から筆へ移ることで、江戸番馬上は閑職のさいたるものへと落ちた。

役目としては存続したが、することもなく、ただ当番ごとに屋敷の警固や見回りをするだけで、出世とはまったく無縁となっていた。

「戻りましてござる」

一刻（約二時間）に一度と決められている見回りを終えて、大月新左衛門は下屋敷の詰め所へと戻った。

「ご苦労であった」

組頭が白湯《さゆ》を飲みながらねぎらった。

「異状は見受けられませなんだ」

「そう鯱《しゃちほこ》張《ば》るな」

まじめに報告する新左衛門へ、組頭が手を振った。

「このご時世じゃ。なにがあるはずもない」

「たしかに夜襲などはございますまいが、盗賊などに入られたとあっては、我が藩の名折れでございまする」

適当でいいという組頭へ新左衛門は言い返した。

「伊達家へ盗賊が……」

組頭が笑った。

「ここより裏長屋へ入ったほうが金になる。そのくらい盗賊どころか、三歳の子供でも知っておるわ」

「………」

新左衛門は黙った。

「大月、おぬしの懐に今、いくら金子がある」

同役である山下太次郎《やましたたじろう》が、問うた。

「儂は……十二文じゃ」

山下がすり切れたような銭入れから小銭を出して新左衛門へ見せた。

「……一文も持ち合わせておりませぬ」

苦い顔をして新左衛門は答えた。

「であろう。儂でも百文もない」

組頭が笑いを消した。

「金の匂いに敏感な盗賊が、来ないわけがわかったであろう」

「はい」

新左衛門はうなずくしかなかった。

「こうお手伝い金を課されてはな」

嘆息しながら組頭がぼやいた。

お手伝い金とは、仙台藩独特の制度であった。藩財政の厳しい仙台藩は、焼失した屋敷の新築や、城の修繕など臨時の費用が発生すると、藩士全員へ石高に応じた金の寄付を求めた。それがお手伝い金であった。

「木挽町の下屋敷の再建でまたお手伝い金を出さねばならぬかと怖《おそ》れておったが、幸い、それはなかったの」

江戸番馬上でもっとも歳上の同僚が安堵《あんど》の声を漏らした。

「まことに。お手伝い金を出さねばならぬとなれば、娘の嫁入りを延期せねばならぬところであった」

別の江戸番馬上が同意した。

「返してしまえばよいものをな」

「さようでござる」

組頭の言葉に、山下が首肯した。

木挽町の下屋敷は、伊達本藩のものではなかった。江戸で生活する藩士が増えたことや、藩士一門の子女を住まわす場所の不足などから、分家、宇和島伊達十万石の下屋敷であったものを、元禄十年（一六九七）から借りている。

「噂じゃが……返すそうだぞ」

「ほう」

歳嵩《としかさ》の江戸番馬上の話に組頭が興味を見せた。

「ご存じのとおり、儂の娘婿が木挽町の下屋敷におりまする。その者が教えてくれましての。上役から転居の用意をいたしておけと一同へ通達がござったとか」

「返すのに建て直しているのか」

江戸番馬上の一人が呟いた。

「焼けたまま渡すわけにはいくまい。どういう事情があろうとも木挽町の下屋敷は、我が藩が使っているときに焼けたのだ」

組頭が、諭した。

「しかし、木挽町の屋敷を返す。この意味はなんであろうな」

「どういう意味でござる」

山下が首をかしげた歳嵩の江戸番馬上へ問うた。

「屋敷が一つなくなる。これは、木挽町屋敷に勤めていた者の数だけ人が余るということだ」

「……人減らし」

「まさか」

詰め所がざわついた。

「落ち着け」

あわてて組頭がなだめた。

「まだご重役から発表があったわけではないのだ。無用な噂を信じるな」

「なれど……」

江戸番馬上たちは不安げな表情を隠せなかった。

戦があればこそ武士が求められたのだ。泰平の世、刀を振り回すしか能のない侍は無用の長物となった。今、禄を離れれば、まず再仕官することはできなかった。なんとしてもすがりつかなければ、生きていけないのだ。

「このていどのことでうろたえるような者では、いざというとき役に立たぬ。儂にそう報告させたいのか」

厳しい声で組頭に言われ、ようやく一同は収まった。

「頼むぞ。このようなことで上から騒動の咎《とが》めを受けては、組頭としての顔が立たぬ」

組頭がほっとした。

「よいかの」

詰め所の外から声がかかった。

「どなたか」

扉に近いところにいた江戸番馬上が誰何《すいか》した。

「坂玄蕃である」

「ご用人さま」

名乗りを聞いて、急いで扉が開けられた。

「ここに大月新左衛門がおると聞いて参ったのだが」

なかへ入らず、玄蕃が言った。

「わたくしに御用でございましょうや」

新左衛門が声をあげた。

「そこにいたか。組頭、少し大月を借りるぞ」

「次の見回りまで半刻（約一時間）少しでございますれば、それまでに」

「わかった。大月」

うなずいた玄蕃が新左衛門を誘った。

「しばし、中座を」

新左衛門も詰め所を出た。

「なにか」

「離れよう。他人に聞かせたい話でもない」

玄蕃が下屋敷の庭へと足を進めた。

「大月は、独り者か」

歩きながら玄蕃が問うた。

「はい。未だ独りでございまする」

「ご両親は」

「父も母も他界しておりまする」

新左衛門は答えた。

「ご兄弟はおらぬのか」

「妹が一人おりましたが、四歳のおり病で……」

「そうか。失礼をしたな」

「いえ」

詫《わ》びる玄蕃へ、新左衛門は首を振った。

「ここでよいか」

玄蕃が足を止めた。

あたりの気配を気にしながら、玄蕃が口を開いた。

「一つ果たしてもらいたいことがある」

「なんでございましょう」

新左衛門は訊いた。

「この度、殿におかれてはご側室をお迎えられることとなった」

「それはおめでたいことでございまする」

「うむ。しかし、それに反対を唱える者がおる」

「……ご側室さまのご身分に支障でも」

玄蕃が首を振った。

「ご側室お八重の方さまは、平士ながら家中の者の養女である」

「ではなぜ」

「殿にお子ができては困る輩《やから》がおるのだ」

「馬鹿なことを」

聞かされた新左衛門は笑った。

「我が藩の窮乏を大月は知っておるな」

「はい」

話が変わったことに新左衛門は怪訝な思いを持ちながらも首肯した。

「そのためには、殿に和子さまができては困る。そう考える輩がおるのだ」

「どういうことでございましょう」

「それ以上は訊くな」

問う新左衛門を玄蕃が制した。

「大月は、お八重の方さまの警固だけしてくれればいい」

「……はい」

命じられれば従わなければならなかった。新左衛門は同意をした。

「お八重の方さまは、お目見得のためこの下屋敷に入られる。その道中の警固が、そなたの最初の任じゃ」

「失礼ながら、なぜわたくしを」

引き受ける前に、新左衛門は疑問を口にした。

「わたくし以上の遣い手なら、家中に何人もおられまする」

「御前試合を見ておったのだ。儂は」

玄蕃が答えた。

「ならば、ご指南役さまが勝たれたのもご存じのはず。なぜご指南役さまへお申し付けになられませぬのか」

「指南役は、小姓格じゃ。警固にするには、身分が高すぎる。せめて和子さまを産み、お腹さまとなってくれれば、なんとかなるのだがな」

身分の問題だと、玄蕃が告げた。

「……はい」

新左衛門は、命を受けるしかなかった。

「お八重さまの下屋敷入りは、明後日の昼。おぬしには、朝より浅草の口入れ屋山城屋まで迎えに行ってもらう。その後も、おぬしは八重さま付きの警固として、下屋敷に常駐してもらう。組頭へは、儂から話を通しておく」

「承知いたしましてございまする」

「殿のご愛妾《あいしょう》さまに仕えるのだ。うまくいけば殿のお目に留まって、出世の道が開かれるやも知れぬ。励め」

「はっ」

玄蕃の言葉に新左衛門は応じた。


翌朝、藩主斉村が下屋敷へ来ると発表された。

「御座の間の清掃を急げ」

「台所、風呂の準備を怠るな」

「厠《かわや》の手入れをぬかるな」

下屋敷が一気に騒がしくなった。

公邸として政をおこなう上屋敷と違い、下屋敷は藩主休息などに使われる。いわば、江戸における別邸であった。江戸城から離れる代わりに土地は広く、見事な庭を持っているところも多かった。

対して政にかかわりがないため、詰めている藩士も少なく、藩邸の手入れが十分でない場合もあった。

「どうやら、明日のようだな」

井伏が高蔵を前にささやいた。

「側室のお目見えでございますな」

「うむ」

「申しわけありませぬ」

山城屋昼兵衛を落とせなかったのを高蔵が詫びた。

「よい。他に打つ手がないわけではないからの。要は、女が下屋敷にまで来なければすむこと。いや、殿にお目通りできなければよいのだ」

「若年寄さま……」

高蔵が息を呑んだ。

「なにを驚いておる。安心せい。殺すつもりなどないわ。少しばかり傷を負ってもらうだけじゃ」

「それならば」

ほっと高蔵が肩の力を抜いた。

「どれ、儂はそろそろ出羽守さまのもとへ伺候する」

「はい。金はお申し付けどおり、二十五両の包みを八つ、二百両ずつ五つに分けてございまする」

　高蔵が金を出した。

「うむ。こうでもせねば、千両は重すぎる。かといって小者二人に千両箱など担がせていっては目立ってしかたがない」

　井伏が付いてきていた配下たちに合図した。

　配下たちが二百両の包みを一つずつ懐へ入れた。

　小判一枚の重さはおよそ三・四六匁《もんめ》（約十三グラム）、二百両となれば、ざっと六百九十匁（約二・六キログラム）になる。かなりの重量であった。

「行ってくる」

「ご首尾上々をお祈りいたしております る」

「うむ」

　井伏が重々しく首肯した。

　林出羽守忠勝《ただかつ》の屋敷は、南本所《ほんじょ》にあった。家督を継ぐ前であったが、寵愛を受けた家斉より屋敷を拝領し、父とは別家の体を取っていた。

「よくぞお出でになられたの」

まだ三十歳の林出羽守が、五十歳をこえる井伏を鷹揚《おうよう》に迎えた。

「お目通りを許され、恐悦至極に存じまする」

通された客間で井伏が深々と平伏した。

「顔をおあげなされ。貴殿は客人として来られておる。なにより、それでは、話もできぬ」

「畏れ入りまする」

井伏がゆっくりと背筋を伸ばした。

「数年にわたって伊達領では災いが続いたと聞くが、今年はいかがかの。上様もお気になされておられる」

「ありがたいことでございまする。幸い、今年は冷害の様子もなく、雨もそれほど多くはございませぬ。例年並みの収穫は望めるかと」

「それは重畳。東北の要《かなめ》である仙台が、しっかりとしてくれぬと困るでな」

「上様のお心をわずらわせましたこと、藩主斉村に代わり、お詫び申しあげまする」

ふたたび井伏は手を突いた。

「ところで、伊達家の重臣どのが、拙者ごとき若輩に何用かの」

世間話を終えて林出羽守が問うた。

「お願いがございまする」

「申されよ。拙者ごときでかなえられるものであれば尽力は惜しまぬ」

林出羽守が先を促した。

「次にお生まれになられる若君さまを伊達家にちょうだいいたしたく」

「なんと」

願いを聞いた林出羽守が目を見張った。

「たしか陸奥守《むつのかみ》どのは、寛政二年（一七九〇）に家督を継がれ、つい先日鷹司家の姫と婚を約されたばかりであったと覚えておるが」

「さようでございまする」

「ふむ」

平然と答える井伏を林出羽守が見つめた。

「持参領目当てか」

林出羽守が言い当てた。

「…………」

平伏したまま井伏が沈黙した。

「よいのか。藩主を除くことになるぞ。上様の若君さまをお迎えするならば、少なくともすぐに家督を譲らねばならぬ」

「承知いたしております る」

「陸奥守どのは、ご存じか」

「…………」

ふたたび井伏が黙った。

「独断か。不忠者め」

厳しい声で林出羽守が糾弾した。

「藩の窮乏が見過ごせなくなりましてございまする。借財は六十万両をこえ、藩庫は空。天災や不作で領内が飢えても、お救い米を手配することさえかないませぬ。領民の餓死を見ているだけでは、なんの領主」

井伏が述べた。

「伊達の血筋はどうする」

「幸い、伊達には、姫がおりまする。そのどなたかを若君さまのご正室としてお迎えいただきたく」

「なるほどの」

女子は生まれても幕府へ届け出ないことが多い。林出羽守が伊達家に姫がいるかどうかを知らなくても当然であった。

「是非にもお願いを」

一膝《ひとひざ》、井伏が迫った。

「上様の思し召し次第である」

「承知いたしておりまする」

「だが、拙者も後押しをしよう」

林出羽守が述べた。

将軍の男子というのは幕府にとって厄介な者であった。跡継ぎである嫡男は重要であったが、次男以降はその行き先に苦労した。

次期将軍の弟なのだ。そのへんの端《はし》大名《た》の養子にするわけにはいかず、かといってふさわしいだけの待遇を与えての別家は、幕府財政の厳しい今、難しかった。

「奥州探題を務めたこともある伊達家ならば、若君さまをお迎えするにふさわしい」

「ありがたきことでございまする」

三度井伏は叩頭《こうとう》し、用意してきた金を差し出した。

「これは……」

怪訝な顔を林出羽守が見せた。

「お屋敷を拝領なさったお祝いでございまする」

「祝いというか」

「はい」

「慶事の祝いを断るは、凶事を呼ぶという。遠慮なく気遣いをいただこう」

林出羽守が受け取った。

「では、よしなにお願いを申しあげまする」

「うむ。わかっておる。ああ、井伏」

辞しかけた井伏を林出羽守が止めた。

「陸奥守どのにお世継ぎができては、ちとややこしいことになる。伊達の家督ともなれば、口出ししたがる者も多くなるでな。若君さまについて藩中で異論があるようなことがあってはならぬぞ」

「ご忠告かたじけのうございまする」

井伏が深々と頭をさげた。

三

下屋敷を出た新左衛門は、一人浅草へと足を進めた。

「お目通りは本日八つ（午後二時ごろ）。殿は正午前に下屋敷へ入られておられる。遅れることは許されぬ」

新左衛門は緊張していた。

家中の娘にせよ、妾屋の斡旋した女であろうとも、武家の側室になるには目通りという儀式をすまさなければならなかった。

もちろん、正式に側室になる前は、目通りできる身分ではない。そのため、側室の目通りはお庭拝見という形を取った。

お庭拝見とは、その名のとおり、側室になる女が、藩邸の庭を見物することである。それを藩主は、庭に面した座敷から見るのだ。

女を見て気に入れば、藩主は名を問うか、座敷へ招く。気に入らなければ、なにもしない。これで妾奉公のお目見えは終わる。

「この角を曲がって……」

玄蕃から詳しく教えられていたので、新左衛門は迷うことなく山城屋へ着いた。

「ごめん。伊達家の大月と申す」

「お待ちいたしておりました。どうぞ、こちらへ」

昼兵衛が新左衛門を上がり框へ誘《いざな》った。

「当家の主山城屋昼兵衛でございまする。どうぞ、お見知りおきくださいませ」

「大月新左衛門でござる。よしなに願おう」

互いに名乗りをあげた。

「八重さまは、まだお見えでございませぬ。しばらくここでお待ちくださいますよう」

「承知した」

新左衛門は上がり框に腰を下ろした。

「どうぞ」

女中が茶を出した。

「いただこう」

湯気のたちのぼる茶碗を新左衛門は受け取った。

「よい香りでござるな」

「お気づきくださいましたか。わたくしが己に許した唯一の贅沢でございまして。茶には少し凝《よ》っておりまする」

「茶の善《よ》し悪《あ》しは理解できぬが、香りと味の良さはわかる」

新左衛門はゆっくりと茶を喫した。

「失礼ながら、かなりお遣いになられるようにお見受けいたしましたが」

昼兵衛が話しかけた。

「いやいや。ようやく剣の持ち方を覚えたばかりでござる」

茶を気にしながら、新左衛門は首を振った。

「ご謙遜《けんそん》を。その左肩のあがり具合は、なまなかな修行でできるものではございますまい」

肩衣《かたぎぬ》のずれを昼兵衛が指摘した。

刀というのは鉄の塊である。それを二つも左腰につけているのだ。当然、身体が左に傾く。しかし、それでは歩けないので、武家はどうしても左肩を持ちあげ、左右の均等をはかるのだ。その無理が、左肩に表れた。

「よほど長く両刀を差しておられなければ、そこまではいきますまい」

昼兵衛が感心した。

「よく見ておられるな」

新左衛門は驚いた。

「こういう商売をしておりますると、いろいろな人と会いまする。絶世の美女にも、剣術の名人にも。少しばかり他人さまより人を知っている。それだけでございまする」

笑いながら昼兵衛が説明した。

「ごめんくださいませ」

戸障子が開いて、八重が入ってきた。

「お見えになられました」

すばやく昼兵衛が立ちあがった。

「八重さまでございまする」

昼兵衛が紹介した。

「お初にお目にかかりまする。伊達家江戸番馬上役大月新左衛門にございまする。本日より八重さまの警固をさせていただきまする」

立ちあがって新左衛門は一礼した。

「菊川八重でございまする。お世話になりまする」

八重も礼を返した。

「いかがでございまする。お美しいお方でございましょう」

ほほえみながら昼兵衛が言った。

「まさに」

新左衛門もためらいなく同意した。

五尺七寸（約百七十三センチメートル）と大柄な新左衛門に見劣りしない上背、

雪を晒《さら》したかと思うほど白い肌、漆黒の髪、切れ長の眼ととおった鼻筋、今まで見たなかでもっとも美しい女であった。

「…………」

褒められた八重が恥じらった。

「では、そろそろ参りましょうか。刻限にはまだ間がありまするが、遅れては取り返しがつきませぬ」

昼兵衛が新左衛門と八重を促した。

「承知」

「はい」

うなずいて二人は山城屋を出た。

先頭に昼兵衛、八重、そして最後に新左衛門と位置を決めて、三人は伊達家下屋敷を目指した。

「大月さまは、坂さまの下役で」

「直接の上役ではないが、身分はずいぶんと違うのでな」

江戸番馬上の任からすれば、用人とかかわることはほとんどなかった。もちろん、その命を受けなくても問題にはならない。しかし、藩における実力に差がありすぎた。新左衛門の上役である組頭よりも坂が上席なのだ。言うことを聞かなければ、あとあとなにかしらと気まずいことになった。

「なるほど。お武家さまもなかなかにたいへんでございまするな」

昼兵衛が納得した。

「いや、まだ武家はましだろう」

新左衛門は首を振った。

「どうしてそう思われまする」

歩く速さを変えることなく、昼兵衛が問うた。

「商人ならばものを仕入れ、儲《もう》けをのせて売らなければ金にならぬ。職人ならば、汗をかいてものを作らねば日当にならぬ。だが、武家はなにもせずとも、禄をいただけるのだ。こんなありがたいことはあるまい」

「たしかにそうではございまするが、お武家さまには忠義……」

「忠義か。たしかに、藩のためであれば命を捨てるのもやぶさかではない」

昼兵衛の言葉に新左衛門はかぶせた。

「さすがのご覚悟でございまするな」

「そのために普段なにもせずに生きていけるのだ。いざ鎌倉というときに命惜しむようでは、武家ではあるまい」

新左衛門は淡々と言った。

「大月さま」

黙っていた八重が口を開いた。

「忠義とはなんでございましょう」

「難しいことを訊かれる」

問われた新左衛門は、戸惑った。

「……忠義とは、己を滅することでござろうな」

少し考えて新左衛門は答えた。

「己を滅する」

「生きたいという、人として最大の欲。それを捨て去ることと言い換えてもよろしいかと存ずる」

首をかしげた八重へ、新左衛門は言い方を変えた。

「あなたの忠義はどなたに」

真剣な顔で八重が質問してきた。

「わたくしの忠義……」

あらためて問われて新左衛門は悩んだ。

「大月さま」

切羽詰まった昼兵衛の声が、新左衛門の沈思を破った。

「どうやら、おもしろくないことになりそうでございまする」

昼兵衛が足を止めた。

下屋敷まで半分ほどのところであった。町屋が途切れ、旗本屋敷や大名屋敷が建ち並ぶ武家町に入っていた。

昼間になるほど賑《にぎ》わう町屋と違い、江戸城への登城時刻を過ぎた昼ちかくの武家屋敷町は人通りも少ない。

「あれか」

前から覆面をつけた二人の侍が近づいてくるのを新左衛門は確認した。

「そちらの壁際へ下がられよ」

前に出ながら、新左衛門は指示した。

「山城屋だな」

覆面の侍が質問を発した。

「いいえ。違いまする」

あっさりと昼兵衛が否定した。

「偽りを申すな。そなたが山城屋だとわかっておるのだ」

返された覆面の侍が怒った。

「なら、お訊きにならないでいただきたい」

昼兵衛が言い返した。

「そこのきさま。手向かいをしなければ命までは取らぬ。少しの間、じゃまをせず、待っておればいい。すぐにすむ」

別の覆面侍が、新左衛門へ告げた。

「女を斬《き》る気か」

「安心せい。殺しはせぬ。ただ、顔に少し傷を付けさせてもらうだけ」

「……ひっ」

言われた八重が小さな悲鳴をあげた。

「我らを伊達家家中と知っての狼藉《ろうぜき》か」

「…………」

新左衛門の確認に、覆面は答えなかった。

「けっこうだ。ならば、ただの辻《つじ》斬り強盗として対処させてもらおう」

肩衣を外し、新左衛門は太刀を鞘走《さやばし》らせた。

「手向かいする気か」

「当たり前のことを言うな。任でなくとも女が斬られるのを黙って見過ごすわけなどなかろう」

左足を半歩前へ踏み出し、新左衛門は腰を落とした。玄蕃から、八重の側室入りをじゃまする連中がいると聞かされていた新左衛門は、屋敷を出るときに、戦わらじを履いてきた。足ごしらえは十分であった。

「あたら命を無駄にするか」

最初に声をかけてきた背の高い覆面が嘆息した。

「おい。儂がこやつを押さえる。その間に、女をな」

「承知」

もう一人、やや小柄な覆面が首肯した。

小柄な覆面が、大きく迂回《うかい》して、八重のほうへと近づこうとした。

「行かせると誰が言った」

新左衛門は、背の高い覆面を無視して、走った。

「こいつ」

青眼に構えて対峙《たいじ》していた背の高い覆面が、その圧力を気にせず動いた新左衛門にあわてた。

「なにっ」

無防備に背中をさらして、新左衛門が突っこんでくるとは思わなかったのか、小柄な覆面も焦った。

「えいっ」

八重へ向けていた太刀を、急いで新左衛門へと振った。

「遠いわ」

間合いを摑《つか》み損ねた小柄な覆面の一刀は、新左衛門に届くことなく空を斬った。

「くっ」

その切っ先を地にぶつけることなく、小柄な覆面が引きあげた。

「やるな」

新左衛門は感心した。

真剣は重い。それも勢いの付いた刀を、途中で止めるのは、なまなかな腕でできることではなかった。

「おうりゃああ」

引きあげた太刀をそのまま下段に変えて、小柄な覆面が斬りあげた。

「ふん」

だらりと下げていた太刀の峰で、新左衛門はこれを叩いた。

「あっ」

小柄な覆面が、大きな声をあげた。

日本刀のすさまじい斬れ味は、極限まで研がれた刃先にある。薄く削《そ》がれた刃は、峰にぶつかって大きく欠けた。

刃の欠けた日本刀は、武器として使えなくなった。

首など露出しているところには、まだ効果はあるが、衣服などに覆われている場所では、引っかかって斬れなくなるのだ。

「ちぃ」

大きく後ろへ跳んで小柄な覆面が間合いを取ろうとした。

「…………」

糸で繋がっているかのように、新左衛門は間合いを詰めた。

「馬鹿な」

あわてて小柄な覆面が太刀を振るったが、遅かった。

「人を斬ろうとした報いは、受けなければなるまい」

新左衛門は、下段の太刀を斬りあげた。

「ぎゃっ」

小柄な覆面の両腕が、肘《ひじ》から飛んだ。

「山崎《やまさき》」

背の高い覆面が思わず叫んだ。

「ほう。この方は山崎さまとおっしゃいますので。では、あなたさまのお名前は」

背中に八重をかばいながら、昼兵衛が笑った。

「しまった」

名前を口にしたことを、背の高い覆面が悔やんだ。

「血止めをしてやれば、今なら助かるぞ」

目で新左衛門が、痛みに呆然《ぼうぜん》としている小柄な覆面を指した。

「両手を失ってどう生きろというのだ」

背の高い覆面が憤った。

「それに命を果たせなければ、どちらにせよ、生きてはおれぬ」

「でございましょうなあ」

昼兵衛が同意した。

「殿さまのご側室を襲ったのでございますからね。知れれば、家名断絶、その身は切腹、一族は追放」

「ぐっ」

止めを刺すような昼兵衛の言葉に、背の高い覆面が詰まった。

「それを承知のうえでお引き受けになった。見返りもございましたでしょう」

「…………」

背の高い覆面が沈黙した。

「欲との道連れじゃ、文句は言えませんな」

昼兵衛が嘲笑《ちょうしょう》した。

「今さら逃げられまい。武士らしく尋常に仕合おうぞ」

救いの手とばかりに、新左衛門は、太刀を青眼に構えて、正対した。

「承知」

うなずいて背の高い覆面も応じた。

「参る」

互いに名乗りはしない。気の充実を待って、新左衛門は、前に出た。

「おう」

背の高い覆面が、合わせた。

「りゃあああ」

新左衛門は太刀を上段へとあげ、踏みこみながら落とした。

「なんのお」

太刀を水平にして背の高い覆面が受けた。

二つの太刀が、空中でかみ合った。

「しゃ」

ここからがタイ捨流の本領であった。ぶつかった刃を支えにして、新左衛門は太刀を滑らせた。

「なにっ」

切っ先へと流れていく新左衛門の太刀に、背の高い覆面が驚いて、刀を引いた。

「ええええい」

左足を強く踏み出して、新左衛門は支えのなくなった太刀をそのまま振った。

「おおう」

身体を大きくひねって、背の高い覆面がかわした。

「つっ……」

だが、無理な動きで背の高い覆面が体勢を崩した。しかし、新左衛門の太刀も下に流れていて、すぐに翻せなかった。

「…………」

新左衛門は後ろにあった右足を蹴《け》り出した。

「ぎゃっ」

左臑《すね》を思いきり蹴られた背の高い覆面が苦鳴をあげた。

戦国の世、丸目《まるめ》蔵人《くらんど》によって編み出されたタイ捨流は、戦場でのやりあいをもととしている。剣だけでなく、槍《やり》も扱えば、拳撃《こぶし》ち、蹴り、投げまで修行のうちとしていた。

「おのれ」

痛みに憤怒した背の高い覆面が、太刀を大きく薙《な》いだ。

「……おう」

下に落ちていた太刀を跳ねあげて、新左衛門は薙ぎを止めた。

ふたたび太刀がかみ合った。

「こやつめ」

臑の痛みに顔をゆがめながら、背の高い覆面が強く太刀を押してきた。

「こい」

新左衛門は鍔《つば》迫《ぜ》り合いに応じた。

鍔迫り合いとは互いの太刀を接触させて押し合うことである。間合いのない戦いともいわれ、少し太刀が動いただけで、命を落とすことになった。

「りゃあああ」

「おうやあああ」

二人が太刀に力をこめた。

鍔迫り合いの決着の付き方には二つあった。勢いで負けて、そのまま押し切られる場合と力をいなされて体勢を崩す場合である。

足を蹴られた背の高い覆面が不利なのは当然であった。

「はっ」

一度強く力で押し返した背の高い覆面が、左足を引いて、新左衛門の圧力を逃がそうとした。

「甘い」

新左衛門は、読んでいた。いなされた瞬間、身体を前へ投げ出すようにしながら、太刀を突き出した。

「えっ」

太刀がゆっくりと背の高い覆面の胸に食いこんだ。

「あ、ああああああああ」

断末魔の叫びをあげて、背の高い覆面が死んだ。両腕を失った小柄な覆面も、血を止められずに息絶えていた。

「ひっ」

「落ち着きなされ」

悲鳴をあげかけた八重を昼兵衛がたしなめた。

「八重さまを守ってくださったのですぞ。それに対して恐怖を見せるなど論外。そのようなまねをすれば、今後誰もあなたさまのために命をかけてはくださいませぬよ」

「……は、はい」

叱《しか》られて八重がうなだれた。

「お見事でございまする」

昼兵衛が感嘆した。

「いや。汚らわしいものをお見せした」

太刀についた血脂を拭《ぬぐ》いながら、新左衛門は詫びた。

「思わぬときを喰ってしまったが、間に合うか」

「大事ございませぬ。先ほど正午の鐘が聞こえたばかり。十分でございますよ」

心配ないと昼兵衛が述べた。

「鐘を聞いていた……」

新左衛門は息を吞んだ。戦っていた新左衛門は、鐘の音など聞こえもしなかった。

白刃を目の当たりにしながら、動じていない昼兵衛に新左衛門は驚いた。

「参りましょうか」

「このままでよいのか」

地には二人の死体が転がっていた。

「誰か見ておられるはずでございまする。刺客だけを出して、結果を見届けないなど、仏作って魂入れずでございますから」

「なるほど」

新左衛門は納得した。

その後はなに事もなく、三人は下屋敷へと着いた。

「遅かったの」

下屋敷の表門で玄蕃が待ちくたびれていた。

「刺客に出会いましてございまする」

小声で新左衛門が報告した。

「なにっ」

玄蕃が驚愕した。

「まさか本当にやるとは……始末は」

「二人とも仕留めましてございまする」

「死体はそのままか」

「はい」

問う玄蕃に新左衛門は首肯した。

「まずいか」

玄蕃が沈思した。

「いや、手抜かりはあるまい。御上《おかみ》の手に死体が渡ったところで、すでにその者たちの藩籍は削られておろう。禄を離れた浪人者が、どこでのたれ死のうとも、伊達家とはかかわりはない」

「あの者たちの一族はどうなりましょう」

新左衛門が訊いた。

「藩邸から放逐されるであろうよ」

「………」

「当然の報いだ。殿のご意向に逆らったも同然なのだからな」

「では、あの二人へ命じた者は……」

「どうにもならぬ。裏にいたという証がないのだ。藩士をこのように使える者はそう多くはない。ご一門衆か、奉行か、あるいは若年寄か。確たる証もなく、責めることは難しい」

「二人は使い捨て……」

「それがどうした。それを理解したうえで、与《くみ》したはずじゃ。もちろん、成功したあかつきの報酬も約束されてはいただろうが。嫌ならば断ればいい」

冷たく玄蕃が述べた。

「断りようもございますまい」

「当家を退身するだけの覚悟があれば、断れよう。それだけの肚《はら》がなかったのか、利に誘われたか、どちらにせよ、自業自得である。そなたも同じじゃ。ただ襲うほうと守るほうの立場が違うだけ」

話はここまでと、玄蕃が新左衛門から昼兵衛へ目を移した。

「ご苦労であった」

「お世話になっておりまする」

昼兵衛が深く頭を下げた。

「殿も楽しみにしておられる。手抜かりはなかろうな」

「お任せくださいませ。着替えをさせたいと思いまするので、場所をお借りできましょうや」

「うむ。こちらへ来い。ご苦労であったな。追って沙汰《さた》があるまで、長屋で休息しておれ」

新左衛門を残して、玄蕃たちは屋敷のなかへ入っていった。

庭を見渡せる書院で、斉村は酒を楽しんでいた。

「そろそろかの」

「まもなくかと存じまする」

問われて玄蕃が答えた。

「楽しみじゃ」

盃《さかずき》を重ねながら、斉村が期待していた。

「お庭見物の者、入りまする」

縁側に控えていた小姓が声をあげた。

「来たようじゃの」

斉村が盃を置いた。

築山の裾《すそ》を回るようにして、八重が姿を見せた。

八重は、昼兵衛が用意した白地に桜の花模様を散らした振《ふ》り袖《そで》へと着替えていた。

「…………」

いかにも庭を見ているといった体ではあるが、見られていると知っている八重の動きは硬い。

「ふむ。季節外れの桜とは、花見との趣向か」

「ご明察にございまする。女のことを花に模して見ましたが、お気に召したでしょうや」

玄蕃が問うた。

「よいな。やはり男が剣を持って戦うより美しい女を見るがな」

満足げに斉村が笑った。

やがて書院の前へ八重が来た。立ち止まるようにとあらかじめ言われている八重が池を眺めるような姿勢でたたずんだ。

「…………」

ぶしつけに向けられる斉村や小姓たちの目に八重の緊張がより高まったのか、身体が小さく震えていた。

「よろしゅうございましょうか」

「ああ」

玄蕃に促されて、斉村が首肯した。

「もうよいぞ」

「……はい」

品定めの儀式から解放された八重が小さく応えて、築山の向こうへと去っていった。

「いかがでございましょうや」

「気に入った」

はっきりと斉村がうなずいた。

「今宵《こよい》、閨へ侍らせておくよう」

「はっ」

意を受けて玄蕃が頭を下げた。

側室お八重の方の誕生であった。

第三章　権の争奪

一

将軍の一日は、当番小姓のかけ声から始まる。

「もううううう」

あとは将軍が起きてこようがこなかろうが、かかわりなく決められた予定どおりにものごとは進んでいく。

「お清めつかまつりまする」

身のまわりの世話をする小納戸たちが、箒《ほうき》を持って家斉の枕元から掃除を始めた。

「うるさいことじゃ」

文句を言いながら、家斉が身体を起こした。

「おはようございまする」

　夜具の足下に、林出羽守忠勝が平伏した。

「出羽か。まったく、ゆっくり眠ることもできぬ。大奥ならば、もう少し静かぞ」

　家斉が愚痴を口にした。

「畏れ入りまする。お漱《すす》ぎを」

「まったく……気にもせぬな」

　さらりと不満を流された家斉が苦笑した。

　目覚めた将軍の周りに小姓と小納戸が群がった。歯磨きを手伝う者、髷《まげ》を結う者、袖がじゃまにならぬように捧げ持つ者、たちまち家斉の身支度が調《ととの》った。

「朝餉《あさげ》を」

「うむ」

　お膳番《ぜんばん》の小納戸が、家斉と相伴役の小姓の前へ朝食を置いた。

「また同じか」

　家斉が嘆息した。

　将軍の朝餉は年を通じて同じと決まっていた。祝い事やとくに献上物などがあった場合は、豪華なものとなるが、普段は一汁二菜だった。二菜のうち一つは、焼き魚、それも鱚《きす》と決まっていた。

「お召し上がりを」

家斉の文句を聞かなかった振りで、林出羽守が促した。

「お汁にお手伸びまする」

小姓が大声をあげた。

「ただちに」

相伴役の小姓が急いで汁を口にした。

「異常ございませぬ」

汁を飲んだ相伴役の小姓が、しばらくして告げた。

「どうぞ」

毒味であった。

「…………」

ようやく家斉は汁を口にした。

「もうよい、下げよ」

しばらくして家斉が命じた。

「お医師」

当番の奥医師が、家斉に近づいて膳の上に残されたものを記載、続いて口中を診た。

「つつがなしとお慶《よろこ》び申しあげまする」

奥医師が平伏した。

朝の騒動が終わった。

そのあとは、御用部屋から回ってくる書付を見たり、老中へ意見を求めたりと、政をおこなう。

将軍の仕事は昼までであった。それ以降は、小姓たちと話をしたり、囲碁や将棋を楽しんだり、庭を散策して過ごす。

「今宵は大奥へ参る」

昼餉の後、家斉が言った。

「どのお方さまを」

「お万を」

林出羽守の問いに、家斉が答えた。

「ご内証の方さまでございまするな。承知いたしましてございまする」

確認して林出羽守が首肯した。

お万の方は、家斉最初の側室である。お先手《さきて》平塚伊賀守の娘で、一男三女を産んでいた。残念ながら次女は出産直後に死亡したが、世継ぎである竹千代をもうけたことで老女の上席格を与えられ、ご内証の方と呼ばれるようになった。

将軍の大奥入りには、いろいろな手続きを経なければならなかった。三代将軍家光の乳母《うば》、春日局《かすがのつぼね》によって作られた大奥は、将軍正室を頂点とした女の城であり、将軍とはいえども客でしかない。気に入った側室と添い寝するにも、手順があった。

「庭を散策する。出羽、つきあえ」

家斉が立ちあがった。

将軍家お休息の間に近い庭は、さほど大きなものではないが、泉水や築山を配した趣のあるものであった。

「上様」

泉水の鯉を見ろしている家斉へ、林出羽守が声をかけた。

「なんじゃ」

家斉が発言を許した。

二人から少し離れたところに小姓が二人、片膝を突いて控えている。また、その後ろには将軍警固を任とする新番組の番士がやはり二名いた。

その耳をはばかるかのように、林出羽守は声を潜めた。

「お楽の方のことでございまする」

「……どうかしたか。病でも得たのか」

家斉の側室お楽の方は、懐妊中であった。

「ご懸念なく。すこぶるお健やかだと聞いておりまする」

林出羽守が家斉の危惧を否定した。

「では、どうした」

「もし若君さまでございましたら奥州へ……」

小声で林出羽守が言った。

「伊達へくれてやれと申すか」

すぐに家斉が林出羽守の意図をさとった。

「ご賢察畏れ入りまする」

林出羽守が、頭をさげた。

「ふむ」

家斉が、林出羽守を見下ろした。

「頼まれたか」

「はい。仙台を救うて欲しいと」

林出羽守は隠さずに告げた。

「なるほどの。たしかに躬《み》の子供を藩主にすれば、幕府からの嫌がらせは減ろう」

「持参領もございまする。上様のお子さまをいただくというのは、なによりの功名」

「武士の戦いも変わったものよな」

家斉が嘆息した。

「だが、伊達が期待しているほどはやれぬぞ」

力なく家斉が首を振った。

「幕府の財政も厳しいでな」

「はい。持参領はなしでもよろしいかと」

小さく林出羽守が笑った。

「ほう」

「かつて将軍の和子さまが他家へ養子に入った例はございませぬ」

林出羽守が語った。

初代将軍家康以来、将軍家の男子は別家するのが慣例であり、他家へ養子に出た者はいなかった。厳密には、家康の四男忠吉《ただよし》の跡をうけた九男義直《よしなお》などもいるが、他姓を継いだ者はいない。

「その最初となるのでございまする。ここで十万石でも付けてしまえば、今後もしなければならなくなりまする」

「持参領を持たせなければ、逆の前例になるか」

「はい」

「期待しておるのではないか、仙台は」

「応えてやる義理はないかと存じまする」

あっさりと林出羽守が言った。

「わかった。すでに御三卿がある以上、あらたな別家は難しい。どちらにせよ子の行き先は要るのだ。仙台ならば、石高も格も不足ない。出羽、よきにはからえ」

「承りましてございまする」

林出羽守が深く頭をさげた。

家斉と林出羽守の話は、途切れ途切れながら、離れていた小姓の耳にも届いていた。

「仙台……」

小姓の一人が話の一部を聞いた。

将軍の側に侍る小姓は、名門とされる旗本から選ばれた。道中の警固を担う書院番組とならんで、両御番といわれ、旗本たちのあこがれであった。

聞き耳を立てていた小姓は、その日の当番を終えると屋敷ではなく、側衆《そばしゅう》加納遠《かのうとお》江守久周《うみのかみひさのり》のもとへと足を向けた。

「どうかしたかの」

若年寄格を与えられている加納遠江守が、珍しい来客に驚いた。

「お側衆さまのお耳に入れておきたいことがございまして」

小姓が話した。

「ふむ。上様と出羽守の会話のなかに仙台が度々出てきたというか」

「はい。あと持参領というのも、聞こえました」

「……そうか。いや、わざわざの報せかたじけない。貴殿の顔はよく覚えておこう」

「ありがとうございまする」

満足そうに小姓が戻っていった。

「……………」

一人になった加納遠江守が沈思した。

「仙台、持参領。姫さまのご降嫁か」

加納遠江守が手を叩いた。

「柳田《やなぎだ》をこれへ」

すぐに壮年の藩士が、主の書斎を訪れた。

「お呼びとうかがいましてございまする」

現れたのは加納家の留守居役であった。留守居役とは、幕府や他家との交渉を担う役目のことをいい、気の利いた者でなければ務まらない難しいものである。柳田はその留守居役を二十年近く務めてきた熟練の藩士であった。

「来たか。訊きたいことがある。仙台の伊達家の当主について知るだけのことを話せ」

「はっ。伊達家の当主は陸奥守斉村公でございまする。先代重村公のご次男で、安永三年（一七七四）のお生まれ。当年とって二十歳《はたち》になられまする」

「正室はまだか」

「いえ、つい先日五摂家鷹司輔平さまのご息女興姫と婚約なされたばかりでございまする」

主君の問いに柳田が告げた。

「ふむ」

「なにか、伊達さまに」

「伊達家の内情はどうじゃ」

家臣の質問を無視して、加納遠江守が、訊いた。

「よろしくございませぬ。正確には存じませぬが、借財だけで数十万両をこえるという話でございまする」

「とても姫さまのご降嫁を願う状況ではないな。それでいて持参領……そういうことか」

加納遠江守が、一人うなずいた。

「わかった。柳田、今からお目にかかりたいと肥前守どのへ、使者を出せ」

肥前守とは旗本岡野肥前守知暁《ともあき》のことだ。旗本として顕職である留守居役を務め、共に次に生まれる家斉の子の介添え役を命じられていた。

「お出でになられまするか、お招きになられまするか」

「……来てもらったほうがいいな。久しぶりに昔語りでもいたしたいとお伝えせよ」

「はっ」

柳田が受けた。

すでに武家の門限である暮れ六つ（午後六時ごろ）を過ぎていたが、肥前守は待つほどもなく来訪した。

「急にすまぬな」

「いやいや、城中では顔を合わすこともあまりないでの」

詫びる加納遠江守へ、岡野肥前守が手を振った。

「酒の用意をさせてある。互いに役目のある身、あまりのんびりはできぬが久闊《きゅうかつ》を叙そうではないか」

加納遠江守の合図で、膳が持ちこまれた。

「遠慮なく話がしたいゆえ、給仕役はなしでよいか」

「うむ」

岡野肥前守が同意した。

「ご嫡男はお元気かの」

「おかげさまでの」

「おいくつになられたか」

「十三歳じゃ」

酒を口に運びながら加納遠江守が答えた。

「ほう。では、お引目《ひきめ》のときは十四歳になったばかりでござるな。いや、畏れ入る。

うちのせがれに爪の垢《あか》をもらわねばならぬな」

　感心しながら、岡野肥前守が酒をあおった。

　話題になっている加納遠江守の嫡男、大和守久慎《やまとのかみひさちか》は、次に生まれる若君さまの介添え役として選ばれ、お引目の祝いでは、岡野肥前守の上席を務めることになっていた。

「いやいや、まだまだ青い」

　頰を緩めながらも加納遠江守が首を振った。

「さて、そろそろ本題にはいってもよかろう、遠江守どのよ」

　片口の酒がなくなりかけたところで、岡野肥前守が盃を置いた。

「うむ」

　加納遠江守も表情を引き締めた。

「今朝、上様と出羽守の話に、仙台、持参領という言葉が出たそうじゃ。懇意の小姓が報せてくれた」

「なに……」

　すっと岡野肥前守の目が細くなった。

幕府の留守居役というのは、諸藩における同名の留守居役とは大きく違い、まさにその名のとおり、将軍の不在中の江戸城を指揮する重要な役目であった。

といったところで、泰平の世が続き、将軍が江戸城を出るといえば、寛永寺や増上寺への参拝か、せいぜい日光東照宮への参詣である。それも将軍一代の間に一度あればよいほうで、生涯江戸城から出ない将軍もいる。

留守居役は、大目付同様、町奉行や大番頭などを勤めあげてきた名門旗本の名誉職となりはてていた。

「次に生まれる若君さまのことであろうな」

「他にどう思うというのだ。上様に男子はお一人しかおられぬ。御嫡男竹千代さまをご養子にお出しするわけにはいかぬ。また、他のご側室方が男子を生まれたという話を聞いてはおらぬ」

岡野肥前守が苦い顔をした。

留守居役の任には、大奥を管轄するお広敷の支配がある。大奥のなかについて、岡野肥前守より詳しい者はいなかった。

「それがどうかしたのか」

「肥前守どのよ、我らは次の和子さまの引目じゃ。いわば最初の家臣である。和子さまとの縁は終生尽きぬ。姫君さまならまだよい。嫁入りに付いていくのは、せいぜい数百石の者たちまで」

「なにが言いたいのだ」

要点を岡野肥前守が求めた。

「付け家老……」

一言で加納遠江守が告げた。

「なにを……馬鹿な。我らが付け家老になると言うか」

岡野肥前守が驚愕した。

付け家老とは、将軍の男子が別家するときに選ばれて付いていく家臣の筆頭であった。尾張徳川家の成瀬家、竹腰家、紀州徳川家の安藤家、水野家、水戸徳川家の中山家などが有名である。もとは家康の麾下《きか》で名をあげた三河譜代の家柄ばかりであり、それぞれに万石をこえる禄を与えられているが、付け家老となったため身分は陪臣に落とされていた。

「考えられることでござろうが。過去に上様の和子さまを大名の養子にした例はないのだぞ。降嫁されるときでさえ、多くの家臣や女中を付けられるのだ。若君ともなれば、それ相応の家臣に供を命じられてもおかしくはない」

加納遠江守が述べた。

「…………」

息を止めて岡野肥前守が沈黙した。

「今さら陪臣、それも外様大名の家臣などになれるか」

しばらくして岡野肥前守が吐き捨てた。

旗本の矜持であった。

本来ならば外様大名などはすべて取りつぶし、その禄を譜代の家臣である我らへ配布すべきだと旗本の誰もが考えていた。

徳川の幕府を立てたのは、我ら旗本であるという自負があればこそ、万石に足りぬ禄で耐えてきたのだ。

「拙者もご免じゃ。そのような命が出されれば、いかに上様のお言葉とはいえ、お断りする。許されぬとあれば、禄を離れるまで」

覚悟をしていると加納遠江守も宣した。

「それでよいのか」

岡野肥前守が問うた。

「よいわけなかろう。上様の命に逆らったのだ。命までは取られずとも、二度と世に出ることはかなうまい。一代は貯めていた財でどうにかなろうが、二代、三代ともなると無理だの。親戚どもも、上様の勘気に触れた我らの面倒など見てはくれまい」

現実を加納遠江守が語った。

「なんとかせねばならぬぞ」

「うむ。その相談をしたい」

ようやく用件を加納遠江守が口にした。

「伊達に養子を撤回させるしかないな」

「それではだめだ」

一言で加納遠江守が否定した。

「なぜだ」

「養子先は伊達だけではないのだぞ。伊達を潰した代わりに薩摩だ、加賀だと出てこぬとは言えまい」

「たしかに」

言われた岡野肥前守がうなった。

「ではどうすればいいのだ」

お手上げだと岡野肥前守が問うた。

「…………」

加納遠江守が一瞬沈黙した。

「一蓮托生《いちれんたくしょう》ぞ」

「わかっておる」

念を押す加納遠江守へ、岡野肥前守が首肯した。

「生まれてきたお方が男子ならば十二代さまにいたせばよいのだ」

「どういうことだ」

岡野肥前守が首をかしげた。

「竹千代さまの……」

「……な、なにをっ」

加納遠江守の言葉に、岡野肥前守が絶句した。

「謀反ぞ」

「いいや、違う。謀反とは上様へ刃向かうことじゃ。竹千代さまは、上様ではない」

「詭弁《きべん》じゃ」

岡野肥前守が非難した。

「ならば、なにかよい手があるというのか」

「…………」

迫られて岡野肥前守が黙った。

「竹千代さまが十二代さまとしてふさわしいと思うのか」

「それは……」

問われた岡野肥前守が詰まった。

引目に老中松平和泉守乗完《いずみのかみのりさだ》や同松平右衛門佐乗寛《うえもんのすけのりひろ》が付き、今年からは正月、八朔《はっさく》、五節句の祝いに老中、若年寄が目見えし挨拶をするようにとの通達も出るなど、竹千代は着々と十二代将軍への道を歩んでいた。

しかし、身体は弱かった。

季節の変わり目にはかならずといっていいほど熱を出し、数日寝こむ。

「竹千代さまがこのまま無事に元服されたとしても、和子さまは望めまい。となれば、どこから十三代さまを持ってくるのだ。五代さま、六代さま、八代さま、ご当代さまの状況を繰り返すだけぞ」

将軍に嫡子なく、分家から人を入れ、ようやく系統を維持したことが、幕府には何度もあった。そのたびに、いろいろなもめ事や障害が発生していた。

「……ううむ」

「幕政の安定を考えても、やはり十二代さまはご丈夫な若君さまであるべきだとは思わぬか」

加納遠江守がささやいた。

「それはそう思うが、上様のお血筋を害し奉るなど……」

「誰も殺すとは申しておらぬぞ」

二の足を踏む岡野肥前守へ、加納遠江守が言った。

「どういうことじゃ」

「竹千代さまの奥医師を替えるだけでよい。薬を少し減らせばいい」

「…………」

三度岡野肥前守が沈黙した。

「お広敷を管轄する貴殿ならば、容易なことであろう」

「できぬ」

力なく岡野肥前守が首を左右に振った。

「そうか。無理を申したの。今日の話はなかったこととしてくれい」

あっさりと加納遠江守が許した。

「儂はまあよい。もとは紀州家の家中であったからの。吉宗さまが八代将軍となられたことで、旗本へとお取り立てをいただき、万石の身分にまで引きあげていただいた。しばし夢を見せていただいたと思えばよいことじゃ」

淡々と加納遠江守が続けた。

「貴殿はそうはいくまいなあ。北条《ほうじょう》家に仕えていた名門じゃ。関ヶ原の合戦で神君家康さまに従い、功績優る者なしと賞賛されたご先祖さまに顔向けができまい。いや、ご本家は残るからよいのか」

岡野肥前守は五代将軍綱吉《つなよし》のころに別家した分家筋である。綱吉のお気に入りとなって、三千石を与えられ、現在にいたっていた。

「まあ、付け家老となる家は、慣例として万石が与えられる。七千石の加増じゃと思えば、よいことでござるの」

加納遠江守が小さく笑った。

「た、たわけたことを言われるな」

禄が増えることを出世だと言われた岡野肥前守が激した。

「儂は旗本であることに誇りを持っておる。たとえ百万石もらおうとも、陪臣などになる気はない」

「ご立派なご覚悟だ。だが、なにもせず言うだけなら、子供にでもできることであろう」

「……そう言われる貴殿は何をされるというのだ」

岡野肥前守が逆襲した。

「側役としてできるかぎりのことをする。上様へ竹千代さまの身体を危ぶむ話をする。他にも奥医師の交代などの手助けもな」

問われて加納遠江守が答えた。

「お健やかなお方を十二代さまにする。これは、幕政の安定につながるのだ。いわば、幕府への忠義である」

「……忠義」

今度は詭弁と岡野肥前守が言わなかった。

「幕府百年のためぞ。互いにできることをいたそうではないか」

ゆっくりと加納遠江守が告げた。

二

藩士二名の死は、いっさい明かされることなく終わった。

六十二万石の伊達家の家臣は、七千五百人をこえる。江戸だけで二千人からいるのだ。二人がいなくなったところで、目立つことはなかった。

「おう」

下屋敷に与えられた長屋の庭で、一人大月新左衛門は木刀を振っていた。

無事に八重が斉村の側室となったことで、大月新左衛門の身分も変わっていた。

江戸番馬上上席格お八重の方さま付きというのが、新左衛門の新しい役名であった。といったところで、お八重の方は下屋敷の奥にあり、男が入ることは許されていない。新左衛門の仕事は、お八重の方が外出されるときの供だけであり、普段はまったくの閑職でしかなかった。

「えいっ」

木刀を大きく振り、新左衛門が身体を回した。

足を繰り出し、新左衛門は木刀を振りあげ、払い、薙いだ。

「ふううう」

大きく息をついて新左衛門は動きを止めた。

「多人数を相手にする気のようじゃな」

不意に声がかかった。

「これはお師さま」

新左衛門は一礼した。

姿を見せたのは、隣家の主であり、新左衛門の剣の師でもある二島主水《にじまもんど》であった。

二島主水は、剣術指南役ではない。新左衛門の亡父大月九右衛門《きゅうえもん》が友人であった。九右衛門の頼みを受けて、新左衛門へ剣の稽古《けいこ》をつけてくれていた。二年前に九右衛門が亡くなったあとも、交流は途絶えることなく続いていた。

今回の異動で新左衛門は偶然、二島主水の隣になっていた。

「表からお見えになればよろしいものを」

庭の垣根を跳びこえてきた師に、新左衛門はあきれた。

「面倒じゃでな」

二島主水が笑った。

「どれ、見てやろう。型を遣って見せよ」

「はい」

師の命に、新左衛門は一礼して、青眼の構えを取った。

青眼の構えは剣術の基本であった。丹田《たんでん》に柄を置き、切っ先を相手の喉《のど》へ擬する。身体の正中をなぞるように太刀を構えることもあり、守りを重視したものである。

「…………」

新左衛門は、左足を踏み出しながら、太刀を青眼から上段へとあげた。

青眼の構えの大きな欠点が、攻撃にあった。太刀をあげるか、下げるか、脇へ引くか、どれかに形を変えないかぎり、攻撃へ移れないのだ。左右へ太刀を倒すだけで守りになるのと違い、攻撃には一拍の動きが要り、そのぶん動きが遅れた。

「剣の基本は守りにあり」

二島主水の教えであった。

「戦国の世ならばいざ知らず、この泰平の世で、自ら戦いを求めることなどありえぬ。剣は不測の事態が起こったとき、主君、吾が身を守ればいい」

こう言って二島主水は、新左衛門に徹底して守りを叩きこんだ。

「しゃっ」

上段から斬り落とし、下段から斬りあげ、ふたたび天を刺した切っ先を袈裟懸《けさが》けに落とす。三度の攻撃を新左衛門は流れるように続けた。

「ふむ」

二島主水が小さく目を見張った。

「おう、やああ」

袈裟懸けから水平薙ぎ、そのまま切っ先を跳ねあげて、最後に真っ向唐竹割《からたけわり》を出して、新左衛門は型を終えた。

「新左衛門」

「はい」

息を整えながら、新左衛門は呼びかけに応じた。

「人を斬ったな」

重い声で二島主水が確認した。

「…………」

無言で新左衛門は首肯した。

「恣意《しい》ではなかろうな」

「はい」

はっきりと新左衛門は否定した。

「太刀筋に迷いが出ている」

「やはり……」

二島主水の指摘に、新左衛門は肩を落とした。

「斬ったことを後悔しているのではなさそうだが」

「後悔はしておりませぬ。抗《あらが》わねば、わたくし以外に二つの命が失われたかも知れぬ事態でありましたゆえ」

新左衛門は首を振った。

「では、なにを迷う。儂の教えは守りの剣。新左衛門は、その教えに従っただけである。それで迷うならば、儂の教えがまちがっていたことにつながる」

「お師の教えにまちがいなど……」

「否定するならば、語れ。少しは楽になるぞ」

子供のときから知っている新左衛門の家、二島主水が縁側へ腰掛けた。

「ありがとうございまする」

二島主水の言葉が、悩みを吐き出しやすいようにとの心遣いであると、新左衛門はさとった。

「斬り殺さずにすんだのではないかと」

「……ふん」

わずかに二島主水の眉があがった。

「名前を出さずともよい、詳細を述べよ」

二島主水の声が厳しくなった。

「先日……」

八重や昼兵衛の名前を出さず、屋敷への帰途を辻斬りに襲われた体として、事情を新左衛門は述べた。

「……………」

聞き終わった二島主水が沈黙した。

「お師」

長い沈黙に新左衛門は耐えかねた。

「なにさまのつもりだ、おまえは」

二島主水の口から、鋭い叱咤《しった》がでた。

「斬らずにすませるだと。上泉伊勢守《かみいずみ》に、塚原卜伝《つかはらぼくでん》にでもなったつもりか」

「……………」

新左衛門は頭を殴られた気がした。

「おまえのような修行途中の者に、手加減を考えられたと知ったら、斬られた二人は浮かばれまい。事情はどうあれ、真剣を抜いた以上、互いの命の取り合いだ。これほど真摯《しんし》なおこないはない。負ければ命を失う。なればこそ全力を出す。それをおまえは……儂は、今日ほど剣を教えてきたことを悔やんだことはないわ」

「申しわけございませぬ」

叱りつけられた新左衛門は、ただ頭を下げるしかなかった。

「思いあがるな。おまえていどの腕など、この江戸に掃いて捨てるほどおるわ。御前試合で次席となったことで、天狗《てんぐ》になったのか」

「そのようなことは……」

「ないと言えるのか」

「うっ……」

迫られて新左衛門はうなった。

「対峙したとき、負けるとは思いませなんだ」

新左衛門は白状した。

「やはりな。御前試合など出るものではない。負ければ侮られるし、勝てば名誉に浮かれる。これが戦国の世なれば、儂はおまえが出ることを決して認めなかった。真剣で勝負をすることなどない泰平の世なれば、他流の剣筋を見るによかろうと勧めたが……失敗であったたな。何が起こるかわからぬ真剣勝負で、相手を侮るなど……」

ゆっくりと二島主水が立ちあがった。

「おまえに教えるのはこれで最後だ」

「お師」

破門の宣言をした二島主水に、新左衛門は絶句した。

「来るがいい」

庭の中央に二島主水が立って、新左衛門を呼んだ。

「しかし……」

新左衛門は、戸惑った。六歳から今まで、じつに二十年もの間、二島主水から剣を教えてもらったのだ。その二十年が、今終わろうとしている。新左衛門は、木刀を構える気になれなかった。

「情けなし。そのような気弱でどうするか」

「…………」

それでも新左衛門は木刀を持てなかった。

「ならば、真剣でいく」

木刀を捨てて、二島主水が脇差を抜いた。

「なにを」

新左衛門は驚愕した。

「仕合よ。たった一度、全力でのな。今日で師弟関係を終えるのだ。最後の教えを垂れるのも師の仕事」

二島主水が脇差を青眼に構えた。

「そちらの用意ができるまで、待ってやることはない。真剣勝負とは、生きるか死ぬか。どのような手段を遣おうとも、最後に立っていた者が勝者であり、正しいのだ」

するすると二島主水が間合いを詰めてきた。

「お師。おやめください」

「…………」

制止の声にも、二島主水は止まらなかった。

「しゃっ」

青眼が崩れ、切っ先が小さく跳ねた。二島主水の脇差が、新左衛門の顔を狙った。

「うっ」

咄嗟《とっさ》に首を反らして、新左衛門はかわした。

「本気で……」

「そう言ったはずだ」

感情のこもらない声で、二島主水が答えた。

「せいっ」

無理な動きで体勢を崩した新左衛門へ、容赦ない一刀を二島主水が送った。

「くうう」

新左衛門は身体を地に投げ出して、かろうじて逃げた。

「ふん」

転んだ新左衛門から二島主水が離れた。

剣での戦いにおいて、地に伏すことは不利ではなかった。いや、有利であった。

というのは、刀が地まで届かないからである。刀を持つ腕は肩についている。当然、立ったままでは位置が高すぎた。

一方、転がっているほうは、刃の位置が低いため、相手の急所である首や胴に刃をぶつけることはできないが、足には、攻撃ができた。

もちろん、立っている側が膝か腰を曲げれば、刃は届くが、それは同時に己の身体を敵に近づけることでもある。それこそ、太股《ふともも》の血脈や、腹に一撃をもらいかねない。

しかし、地に伏している側には、絶対とも言える不利があった。立ちあがるときの体勢が、まったくの無防備となるのである。

そこを狙われれば、いかに名人上手でもどうしようもない。かといって、ずっと寝ているわけにはいかなかった。

「いつまで寝ていられるかの」

二島主水が足下の石を拾いあげた。

「えいっ」

鋭い気合いとともに、二島主水が礫《つぶて》を撃ってきた。

タイ捨流の技のなかには、礫撃ちもあった。

「…………」

転がって新左衛門はかわした。狭い庭である。新左衛門の身体は、庭の隅に作られた菜園で止まった。

「もう一度」

ふたたび礫が襲った。

避けられぬと感じた新左衛門は、腰にさしたままだった脇差を鞘《さや》ごと抜いて、石を払った。軽い音がして、脇差の鞘が割れた。

「刃で受けなかったことは褒めてやろう」

二島主水が三つ目の石を手にした。

石の礫とはいえ、当たれば骨を割る。これを脇差の刃で受け止めれば、刃が欠けるか、下手をすれば脇差が折れた。

「くっ」

三度礫撃ちの体勢に入った二島主水を見て、新左衛門は決意した。

「はあぁ」

二島主水が礫を撃つ瞬間に合わせて、新左衛門は起きあがった。

礫撃ちはどうしても右手を使う。右手がふさがった一瞬を新左衛門は利用した。

「ようやくか」

立ちあがって脇差を構えた新左衛門へ、二島主水が笑った。

「死を感じるがよい」

二島主水がすさまじい殺気を浴びせた。

「なんのおお」

強風のように押さえつけてくる殺気を、新左衛門はいなせず、耐えた。

「おう」

新左衛門は脇差の切っ先にのせるような感じで、気合いを二島主水へ向けて発した。

「肚のない気合いなど、意味もない」

あっさりと二島主水が流した。

「そろそろ飽きた。終わらせようぞ」

二島主水が、脇差を右手で垂らした状態で、間合いを詰めてきた。

「……うぐっ」

喉の渇きで舌が張りついた新左衛門は、声を出すことも満足にできなくなっていた。

「どうした。舌の根も動かぬのか」

下段の脇差が、翻った。

「…………」

気合いも出せず、新左衛門は咄嗟に受けた。

脇差がぶつかり、火花を散らせた。

「そこっ」

ぶつかった勢いを利用して、新左衛門は脇差を後ろに引いて、そのまま突き出した。

「甘いわ」

余裕でかわした二島主水が、斬り返してきた。

「これで終わりだ」

二島主水の一撃は、新左衛門の伸びきった腕、その脇の下を狙ってきた。脇の下には太い血管がある。これを斬られれば、まず助からなかった。

「わあああああ」

死の恐怖に新左衛門は絶叫し、手にしていた脇差を捨てて、右腕を折りたたんだ。脇の下を右腕で守りながら、左足を思い切り蹴り出した。

「ぐっ」

腹のなかの空気を全部吐いて、二島主水が吹き飛んだ。

「…………」

新左衛門は、落とした脇差を拾いあげ、腰を地につけた二島主水へと模した。

「わかったか」

二島主水の殺気が、なくなっていた。

「それが、真剣勝負、命のやりとりというものだ。相手を殺さずに終わらせようなどというのが、どれほど思いあがったことか、身に染みたか」

「お師……」

ようやく新左衛門は、二島主水の意図を理解した。

「これで儂がおまえに教えることはなくなった。剣は技ではない。気である。生きたいと願う心、守りたいと思う気持ちが、切っ先を強くする。それを忘れるな」

言うだけ言うと二島主水が背を向けた。

「かたじけのうございました」

新左衛門は心底からの礼を口にした。

「斬るときにはためらうな。そして悔いるな。悔いを残せば、それは心に積もって澱《おり》となり、いつか、おまえを潰すことになる」

振り向かず、二島主水は隣家の庭へと消えていった。

「ありがとうございました」

深々と新左衛門は頭を下げた。

二島主水は、弟子の心に入った傷を修復してくれた。人を殺したという罪の意識は消えていないが、それが重荷ではなくなったことに新左衛門は気づいていた。

「真剣を抜けば、命のやりとり」

当たり前のことをもう一度新左衛門は確認できた。

「人を斬った者に教えることはもうないか」

新左衛門は、袴《はかま》に付いた土を払いながら呟いた。

どのような理屈をこねようが、剣は武器であり、剣術は人殺しの技なのだ。いかに己の身を守りつつ、敵を倒すか。それだけのために剣の技は磨かれてきた。戦国では功名であった人殺しが、泰平の世になると、罪となった。

ために剣術は技ではなく、身体を鍛え心を練る修行へと形を変えた。

剣術遣いであっても、実際に人を斬ったことのない者が増え、それが当たり前になってきた。人を斬るという行為を経験した弟子をやったことのない師が教えることなどできようはずもなかった。

「今までお世話になりました」

重ねて新左衛門は、隣家へ深く礼をした。

一つ大きな人とのかかわりを失った寂しさを新左衛門は感じていた。

三

ようやく興姫が輿入れしてきた。

しかし、閨を共にできない正室より、実際に抱くことのできる側室を求める。

伊達陸奥守斉村は、ほとんど上屋敷へ帰ることなく、下屋敷に居着いていた。

「殿、そろそろ上屋敷へお戻りいただきませぬと」

用人坂玄蕃が、促した。

「なぜじゃ」

「殿のご判断を願わねばならぬことが、いろいろとございまする」

「儂の裁可が要るというか」

「はい」

うなずく玄蕃に斉村が小さな笑いを浮かべた。

「いつも儂のもとに回ってくるときには、すべて決まっておるようだがの」

「それは……」

玄蕃が詰まった。

「政にかかわることで、余のもとに相談があったことなどない。いつも、このように決しました。殿におかれましてはよろしくご裁可のほどお願い申しあげまする。そう言って書付を差し出す。余は書付の内容を読むこともなく、花押《かおう》を入れるだけ。そのていどならば、右筆《ゆうひっ》で十分であろう。右筆が余の花押をまねて書けることくらい、知っておるぞ」

「…………」

斉村の言葉に玄蕃は何も言えなかった。

「藩の政に、余は不要であろう。だが、伊達家にとって、余にしかできぬことがある。それが、子を作ることである。余に子ができねば、伊達家は絶える。藩が潰れれば、すべての藩士は禄を失い浪々の身となる。違うか、玄蕃」

「そのとおりでございまする」

いざとなれば、分家や兄弟から世継ぎを選べばすむが、そのとおりのことなど言えるはずもない。玄蕃は首肯するしかなかった。

「だから、余は、ここにいて、毎夜八重を抱いておるのだ。わかったか」

「はっ」

玄蕃は引き下がった。

「のう、玄蕃」

表情を緩めて斉村が続けた。

「女とはよいものよの。子をなすのがこれほど気持ちのよいものだとは思わなかったわ。上屋敷の老女どもの話とはずいぶん違った」

「はて、どのようなことを申しておりましたか」

「男女の子作りは厳粛な行為で、互いの心気を練りあい、男が女の胎内にそれを放ち、女が受け取ることで天地陰陽合体して、子となる。気が合わねば、何度身体を重ねても意味がないとな。殿に合う女は奥が用意いたしまするゆえ、それまでお手出しは無用とも言っておったわ。余は、そんな面倒なことなどしたくはないと思っておった。しかし、実際は違うの。誰に教えられたわけでもないが、どうすればよいか、わかるだけでなく、毎日しても飽きぬわ」

「さようでございましたか。なにはともあれお気に召したようでよろしゅうございました」

「うむ。玄蕃、褒めて取らす。八重の親元には手厚くしてやってくれい」

「承知いたしておりまする」

玄蕃の額に、険しい筋が一つ浮いた。

「どれ、そろそろ奥へ参るか」

「では、報せを。おい、奥へ殿のお成りをお報せいたせ」

「はっ」

言われて小姓が一人駆けていった。

「殿、夕餉《ゆうげ》はいかがいたしましょう」

「奥で用意をいたせ。八重に給仕をさせよ」

「そのように手配を。では、ごめんを」

一礼して玄蕃が斉村の前を下がった。

「よろしくないの。側室をお気に召すのはよいが、一人に寵愛を集められては、のちのちの禍根となる」

玄蕃が苦い顔をした。

斉村が八重の実家を気にした。それは、よくない兆候であった。八重の身元は一応、仙台藩平組士の養女としてあるが、そのじつ浪人の娘だと誰もが知っている。斉村とて八重から寝物語にいずれ聞かされる。いや、その前に斉村の機嫌を取ろうとする者から漏らされるかも知れない。そうなったら、斉村が八重の身内を仙台藩で抱えるようにと言い出すのはまちがいなかった。

「ご嫡子を産んでくれたならば、その功績で千石くらいくれてやってもよいが、子も産まぬのに、あるいは女子《おなご》ばかりしか作れぬ側室にくれてやるだけの禄はない」

独りごちながら玄蕃は対策を考えた。

「もう一人か二人、側室をお作りいただくか。寵愛を分散させれば、一人にこだわられることはなくなろう。だが、藩中から娘を選ぶのは難しい。最初から親が藩内にいれば、どうしてもその者を利用しようとする輩が出てくる。もちろん、娘を差し出した親も出世を期待する。やはり、妾屋を使うしかないか」

玄蕃の頭から金がないと言った勘定奉行の顔は消えていた。

伊達家重職の一人である若年寄井伏の長屋は、上屋敷に与えられていた。長屋も総二階建ての大きなものであり、ちゃんとした冠木門《かぶき》もあった。

「今宵はよく集まってくれた」

井伏が、まず礼を口にした。

「皆も知ってのとおり、殿は今夜も下屋敷でお過ごしである」

最初に井伏が述べた。

「もう一カ月をこえられるのではないか」

「だの。江戸城へも下屋敷から直接行かれておられるようだ」

「よろしくはないの」

集まった者たちから不満があふれた。

「ご一同、問題はそこではない」

井伏が割って入った。

「一人の側室に耽溺される。女を知ったばかりの男がはまりこむ道。どなたも覚えがござろう」

「……うむ」

「たしかに」

指摘された男たちが同意した。

「その結果である。問題は」

一度、井伏が、言葉を切った。

「毎夜のように抱いておれば、当然、女に子ができる」

「そうだの。それはめでたいのではないか」

「跡継ぎは入り用である」

「ならば、下屋敷へ籠《こ》もられるのも問題ないか」

井伏の話に、一同が許容を口にした。

「いいや、よろしくないのだ」

冷たく井伏が言った。

「どういうことだ」

一人が問うた。

「高蔵」

「はっ」

一同のなかから勘定奉行の高蔵が前へ進み出た。

「勘定奉行どのが、なにを」

皆が首をかしげた。

「我が藩の現状をお知りいただくのに、金の話をするのがもっとももよいと考え、高蔵に来てもらったのだ」

「なるほど」

井伏の説明に、一同が納得した。

「では、一言で申しあげまする。仙台藩の収入が、今年一年で金子になおして、およそ二十五万両。藩士たちへの禄、手当などを差し引いて、藩庫に残ったのが……

二万両余り」

「少ないの」

歳嵩の藩士が呟いた。

「そして、我が藩の借財は現在六十万両。その利払いだけで年間二万四千両が出て行っておりまする」

「なにっ」

「馬鹿な。それでは四千両足らぬではないか」

たちまち一同が騒ぎ出した。

「勘定奉行の要職にありながら、貴殿は手をこまねいていたのか」

批判が高蔵へ向いた。

「なにを言われるか。勘定所は精一杯やっておりまする。それでも、どうしようもないのでござる。続いた飢饉や天災で、数年まともに収入がございませなんだ。ようやく、去年例年より低いとはいえ、まともな収穫を得られ、やっと二万両手元に残せるようになった。それにどれだけ我らが苦労したかおわかりではないであろう。切り詰めるところを切り詰めるだけでなく、入り用さえもあてがわぬ。血を吐くような思いで……」

　高蔵が激昂《げっこう》した。

「落ち着け。高蔵。貴殿らも、他人を誹謗《ひぼう》するのは容易なことだと知っておられよう。この危難は、勘定方のせいではない。避けようのない天災だったのだ」

　井伏が手を上下させて、抑えた。

「我が藩の窮乏はおわかりいただけたかと思う。ついては、これをどうするか、拙者に一存がござる。それを聞いていただきたくお集まりいただいた」

「さすがは若年寄の井伏どのじゃ。是非伺わせていただこう」

「うむ」

「ご苦労であった、下がってよいぞ」

　首肯する一同を前に、井伏は高蔵をもとの座へと下がらせた。

「おわかりいただけたと思うが、質素倹約でどうにかなる状況ではない。また、新田開発をしている金もときもない。今、仙台藩に求められているのは、起死回生の一手である」

「どうすると言われるのだ」

歳嵩の藩士が訊いた。

「加増をいただく」

「馬鹿な」

「外様の当家に、幕府がそのような厚遇をするはずもない」

たちまち否定の言葉が満ちた。

「すでにとあるお方と話はつけてある。次にお生まれになる十一代さまの若君さまを斉村さまのご養子にいただく手はずになっておる」

「将軍の子を伊達の当主にするというか」

「血筋を、政宗公以来の正統をなんだと思うのか」

非難があふれた。

「では、どうするというのだ」

「それは……」

誰も反論できなかった。

「伊達の正統は、若君さまに姫のお一人を娶っていただくことでどうにかなろう」

「待て」

井伏の提案を歳嵩の藩士が遮った。

「姫との間に子ができなければどうなる。もし、若君さまと側室の間に男子ができれば、そのお方を藩主として戴《いただ》くわけにはいかぬぞ。伊達の血がまったく入っておらぬのだ。とても藩士たちが納得すまい」

「若君さまと側室の間に子ができねばよいだけであろう。そのときは、分家のなかからご養子を迎えればいい。子ができぬことまでいかに幕府といえども文句は言えまい」

淡々と井伏が言った。

「側室に子ができぬ……まさか」

「若君さまに手出しはできぬ。だが、側室ならば問題はない。食あたりすることもあろう、不慮の事故に遭うこともな」

井伏が述べた。

「婚姻をつうじて家を発展させる。政宗公の曾祖父《そうそふ》、稙宗《たねむね》公が得意とされていた手段じゃ。いわば、伊達のお家芸」

伊達稙宗は、数多い娘を嫁に出し、姻戚《いんせき》関係を作りあげて、蘆名《あしな》、相馬ら当時伊達と敵対していた大名たちと和睦《わぼく》、奥州に一大勢力を築きあげた。

「だが、その婚姻も代替わりで潰《つい》えたがな」

歳嵩の藩士が皮肉った。稙宗の死をもって、婚姻関係は破綻《はたん》し、相馬が侵略を開始、伊達は本領以外の地を失う窮地に陥った。

「諸刃《もろは》の剣だというのは、承知しておる。だが、もう、そうせざるを得ぬのだ。高蔵、このままであと何年、伊達家はもつ」

「おそらく五年。もう一度大きな天災があれば、それまでもたず終わりましょう」

尋ねられた高蔵が悲壮な予測を語った。

「正統を守って滅びを待つか、起死回生の一手で現状を救い、後日の捲土重来《けんどちょうらい》をはかるか。七千をこえる藩士の命運を貴殿たちは握っておるのだ」

あらためてどうするかと井伏が問うた。

「……若君さまをご養子にお迎えするとなれば、斉村さまのお子さまはどうする気だ。まさかお血筋のお命をお縮め申しあげるつもりではなかろうな」

藩士の一人が問うた。

「お生まれになる前に水となっていただく」

「女子かも知れぬのだぞ。それこそ、若君さまのご正室にふさわしい」

井伏の言葉に反論が出た。

「お生まれになったのが男子ならばどうする。男子か女子かどちらがお生まれになるかわからぬかぎり、前もって対応するしかなかろう。御上のほうからも、男子直系はならぬと言われている」

「しかし……」

主家の血筋を無にするのは抵抗が強い。誰も納得しようとしなかった。

「わかった。賛同できぬお方は、お帰りいただいてよい。お手伝い願えるご仁だけ、残られよ」

あっさりと井伏が引いた。

「窮乏はわかるが、さすがに」

最初に歳嵩の藩士が立ちあがった。

「うむ」

「聞かなかったことにさせてもらおう」

次々と藩士たちが腰をあげた。

「では、お立ち去りいただきたい。念のために申し添えておくが、藩財政の逼迫を知りながら、有効な手段に反対された。すなわち、代案をお持ちのはずだ。明日までに成り立つだけの案をご提示願おう。できぬお方には藩財政の一助となっていただく」

「明日まで……無茶な」

「一助とはどういうことだ」

出て行きかけた連中が足を止めた。

「一助とはまさにそのとおり。禄を返上し、当家を退身していただきまする」

「なにを言うか」

「ふざけるな」

一同が騒いだ。

「いかに若年寄といえども、それほどのことはできぬ」

歳嵩の藩士が井伏をにらんだ。

「このことは、お奉行さまのご承諾もいただいておりまする。でなくば、ご養子などお迎えできようはずもございますまい。そのことに気づかぬなど、どれほど役に立たぬ者どもばかりか」

井伏が口調を変えた。

「お奉行さまの……」

一瞬にして一同の顔色が変わった。奉行職は伊達家において藩主よりも力を持つ。

「話を聞く気になられたお方は、お座りなされ」

ふたたび井伏が口調を戻した。

全員が、腰を下ろした。

四

大奥の雑用を担当するお広敷に留守居役岡野肥前守が姿を見せた。

「これはお留守居役さま。こちらへ」

お広敷用人が、あわてて出迎えた。

「どうじゃ、お広敷は」

鷹揚にうなずきながら、お広敷用人部屋の上座へ岡野肥前守が腰を下ろした。

「特段なにもございませぬ」

「そうか。上様には、足繁《あししげ》く大奥へお出かけである。粗相のないように注意をいたせ」

「承知いたしております」

岡野肥前守に言われてお広敷用人が緊張した。

「ところで、本日は何かご用でも」

お広敷用人が訊いた。

留守居役は身分の高い役職でありながら、実質することのない閑職である。将軍が江戸城から出なければすることなどない。その留守居役が不意にお広敷へ現れたのだ。お広敷を束ねる用人としては気になって当然であった。

「奥医師どもの勤番表をこれへ」

淡々と岡野肥前守が命じた。

「……奥医師になにか」

お広敷用人が伺うような顔をした。

「少し確かめたいことがある。それだけじゃ」

「しばしお待ちを」

それ以上は言えず、お広敷用人が席を外した。

幕府の医師には、大きく分けて二種あった。表御番医師と奥医師である。他にも寄合医師とか小普請《こぶしん》医師、目見え医師などがあるが、予備であり、ほとんど診療に携わることはなかった。

主たる表御番医師と奥医師は、担当する患者が違った。表御番医師が、幕府役人や登城した大名旗本の急病へ備えたのに対し、奥医師は将軍とその家族だけの治療をおこなった。

二百俵高、役料二百俵を与えられ、若年寄の支配を受けた。格としては当然奥医師が上であった。

「これに」

戻ってきたお広敷用人が束ねられた書付を岡野肥前守へ渡した。

「ご苦労である」

岡野肥前守が書付を見た。

「……これはいかぬな」

独り言のように岡野肥前守が呟いた。

「いかがなされましてございましょうや」

お広敷用人が、おそるおそる問うた。

「竹千代さまの担当をしておるこの奥医師であるが」

「その者がなにか。腕がたつと評判の医師でございまするが」

「あまりよくない噂を耳にしたものでな」

岡野肥前守が言った。

「よくない噂でございまするか」

「うむ。お世継ぎさまの脈をとっていることを盾に、法外な薬料を取っているとか」

「はあ」

中途半端な声をお広敷用人が出した。

「特段みょうだとは思いませぬが」

お広敷用人が首をかしげた。

奥医師に与えられる禄はあまり多いものではなかった。本禄と役料を合わせて四百俵、金になおしておよそ百四十両ほどである。庶民が一カ月一両もあれば生活できることを考えれば多いが、腕のよい職人が日当二分、一年で百八十両稼ぐのに比して少ない。

将軍の医者として駕籠《かご》かきと従者を雇わなければならないことを思えば、手取りは職人よりかなり劣る。その差を埋めるのが、奥医師の名声を使った診療であった。

将軍の脈を取る、御台所《みだいどころ》の治療をおこなう。これらは大きな箔《はく》であった。大名や旗本、裕福な商人が、その権威を頼みに治療を頼みに来る。そのたびに奥医師は莫大な役料を請求するのだ。五代将軍のころには、一度で一千両という役料を取った奥医師がいたほどなのだ。今でも百両は平気で要求した。

「十二代さまとなられる竹千代さまの奥医師、その評判がよろしくないことは、芳しくはない。そうであろう」

「……はい」

言われてお広敷用人が首肯した。

建前を言えば、奥医師が将軍とその家族以外を診るのは、褒められたことではなかった。あくまでも医という仁術なればこそ黙認されているだけで、表沙汰《おもてざた》になれば、波風は立った。

「どういたしましょうや。奥医師から外しましょうや」

「いや、そこまでせずともよい。お世継ぎさまの担当を替えるだけでことを収めたい」

「はい」

岡野肥前守の提案にお広敷用人が首肯した。

「では、誰をお世継ぎさまの侍医に」

「この者がよかろう」

書付に並んだ奥医師の名前二十三人のなかから、岡野肥前守が一人を選んだ。

「……この者でよろしゅうございますので」

「うむ。この者の悪評は聞いたことがないゆえな」

「ですが、この者は先日見習い医師からあがったばかり。未熟ではございませぬか」

「心配あるまい。奥医師には、話し合いがある。お世継ぎさまのご体調に何かあれば、老練な医師どもが、治療にかかわる。問題はあるまい」

岡野肥前守が断じた。

将軍とその家族を担当する奥医師には、治療の方針について独断ではなく合議が義務づけられていた。

「さようでございました。では、そのように」

「任せたぞ」

用件をすませて、岡野肥前守はお広敷を後にした。


八重が側室となって二カ月、ようやく斉村は上屋敷へ戻った。参勤交代の時期が近づいてきたためであった。

「国元へ連れていく」

最後まで斉村は八重の同行を求めたが、入り鉄砲に出女と、幕府の目が厳しいこともあり、このたびは見送られることとなった。

「国元でも側室はご用意いたしておりますゆえ」

立花内記の言葉が決め手となり、斉村はようやく下屋敷を離れた。

斉村がいなくなれば、八重はなにもすることがなくなる。

「一度実家《さと》をお訪ねになられてはいかがでございましょう」

下屋敷の奥を取り仕切っている老女の勧めで、八重は初めての宿下りをすることになった。

お八重の方さま付きとなった大月新左衛門は当然、宿下りの供として同行した。

お目見えの日と違い、側室として駕籠に乗った八重の行列だったが、警固は新左衛門だけであった。

「山城屋へ」

行列は下屋敷を出て、山城屋へと進んだ。

妾屋という商売は、普通の商いと違い、取引が終わった段階でつきあいは終わらなかった。八重の江戸における身元引受人となっているからである。これは妾屋の慣習である。妾と特殊な奉公人を扱う関係上、どうしても責任を負わなければいけないことが出てくるからであった。

「着きましてございまする」

駕籠は山城屋の土間にまで運ばれ、ようやく八重が姿を見せた。

「ようこそのお戻りで」

山城屋昼兵衛が膝を突いて出迎えた。

「無沙汰《ぶさた》をいたしております」

八重も頭を下げた。

いかに斉村お気に入りの側室とはいえ、子を産むまでは奉公人である。身元引受人である山城屋に横柄な態度はとれなかった。

「いっそうお美しくなられましたな。伊達さまがお側を離されないはずでございまする」

昼兵衛が感心した。

「山城屋どのもお変わりはございませぬ」

「はい」

大きく昼兵衛が首肯した。

いきなり八重が実家へ戻らないのは、すでになくなっているからであった。姉と弟だけで住んでいた長屋は、姉が伊達家へ奉公に出、弟が学問の師の家へ住みこむことで不要になり、家主へ返却されていた。

弟の師匠探しから借家の始末まで、これも昼兵衛がやっていた。

「弟は、慎之介《しんのすけ》はどういたしておりまする」

八重がもっとも気がかりな弟のことを問うた。

「林大学頭《だいがくのかみ》さまの寮へ入られ、日夜勉学に励んでおられまする」

「足りないものなどありませぬか」

「今のところは聞いておりませぬが、後ほどご本人さまよりあらためてお話を」

昼兵衛が八重を奥へと案内した。

新左衛門も付いていった。といったところで、同じ座敷には入らない。廊下に座って待機するだけであった。

「お茶を」

山城屋の女中が茶菓を出した。それと合わせるように、八重の弟慎之介が現れた。

「慎之介」

八重が腰を浮かせた。

「姉上……」

慎之介が苦い顔をした。

「元気そうで」

対して八重が涙ぐんだ。

「ごゆっくりなされませ」

案内してきた昼兵衛が、そう言い残して、座敷の襖を閉じた。

「大月さま、どうぞ、こちらへ」

「世話になる」

新左衛門はすなおに従った。

襖の内側から押し殺した泣き声がかすかに聞こえてきていた。姉を妾に出したおかげで、己は有名な師匠のもとで学問に専念できる。男として忸怩《じくじ》たる思いもあるのだろう。警固役とはいえ姉弟の愁嘆場を見せつけられるのは、勘弁してもらいたい新左衛門にとって、昼兵衛の誘いはありがたかった。

「少し出ましょうか」

昼兵衛は、山城屋の並び三軒隣へと新左衛門を案内した。

「ここは……」

「このあたりでもっともましなものを出してくれる煮売り屋でございまする」

「味《あじ》……門《もん》」

少し日焼けした紺地の暖簾《のれん》に味門と白く染め抜かれていた。

「やはりお読みになれませんな。これは味門《あじと》と申しまする」

笑いながら昼兵衛が暖簾を持ちあげた。

「味門とはまた、みょうな」

新左衛門は首をかしげた。

「由来をお教えしましょうか。まあ、お座りになって」

空いた醤油樽《しょうゆだる》を逆さに置いた椅子代わりを昼兵衛が勧めた。

「この屋の主が長州の出でございまして、もともとは長門屋《ながとや》でございました。ご覧のとおり、最近はやりの小料理屋のようにしゃれた店構えではございませんが、出すものがみなうまくて。味の長門屋と皆が呼んでいるうちに、それじゃあ長いから、いっそ縮めて味門屋にしてしまえとなりまして」

「しゃれない店で悪うございました」

説明する昼兵衛の前へ、体格のいい女将《おかみ》が顔を出した。

「聞こえていたか」

「あんな大声で話されちゃ、一丁（約百十メートル）先でも聞こえますよ」

文句を言いながら、女将が二人の前へ小鉢を置いた。

「酒はどうしましょう」

「拙者は屋敷へ戻らねばならぬゆえ」

訊いた昼兵衛へ新左衛門は言った。

「では、まあ、一杯だけ。女将、いい酒となにかうまいものを見繕っておくれ」

「あいな。こちらのお侍さまは初めてでございますね。どうぞ、ごひいきに」

注文を受けて女将が去っていった。

「先日はありがとうございました」

あらためて昼兵衛が、礼を言った。

「任である。気にされることではない」

新左衛門は手を振った。

「いやいや、わたくしの命ではございませんよ。八重さまのことで。お屋敷に着いてお目通りがすみ、お召し抱えになるまでは、八重さまはうちの商品と同じ。万一のことがあれば、わたくしが責任を負わなければなりませぬ。商品を傷物にされて納品できなければ、山城屋の信用はがた落ち。この商売、積み重ねた信用だけでやっているようなもの。それを失えば、終わりでございまする。それに、顔に傷でも残れば、八重さまもそれまで。あのご姉弟も路頭に迷ったことでございましょう。もっとも少しばかりの見舞金は渡しまするが……」

「商品と言っておきながら、けっこう面倒見がよいのだな」

「人によりまするが。覚悟を決めたお方は好きでございまする」

昼兵衛が述べた。

「覚悟か。八重さまは覚悟があったと」

「ございましたな。女の身、それも未通女《おぼこ》でありながら、弟のために妾になろうという覚悟。なかなかできることではございませぬ。それもお武家さまの出でございまするからな」

「妾を望む女は多いのか」

「多くはございませんな。やはり外聞はよろしくないですから。嫁入りにも差し障りまする。もっとも朝からひびあかぎれを作って夜遅くまで働かなきゃいけない女中奉公に比べれば、仕事は寝ているだけ。それも旦那が来たときだけであとは遊んでいればいい。なにより給金はべらぼうで。そのうえ運がよければ、旦那の死んだあと財産わけをしてもらったり、うまく後妻に納まることもありまする」

妾の話を昼兵衛が語った。

「運がよければ……悪ければどうなるのだ」

昼兵衛の言い方に、新左衛門はひっかかった。

「病をうつされて鼻が落ちるか、正妻とのもめ事に巻きこまれて刺されるか、遊ばれるだけ遊ばれて、飽きたと引退金《ひき》をもらえず捨てられるか」

「ろくでもない話だな」

新左衛門は、頬をゆがめた。

「そういう目に遭わないよう手配するのが、わたくしどもの仕事でございますよ。まともな妾屋は女を吟味いたしますが、客も選ぶのでございまする」

「なるほどな」

「お待たせをいたしました」

女将が酒と料理を持ってきた。

「これは……」

見たこともない料理に新左衛門は戸惑った。

「鴨《かも》の味噌《みそ》焼きでございますよ。そちらは茸《きのこ》の佃煮《つくだに》。もう一つはあさりのたまり焼きでございまする。あさりには山椒《さんしょう》が振ってございますので」

「よいのか、馳走《ちそう》になって」

新左衛門は懐の心配をした。

「どうぞ。お気になさらず。これからも八重さまのことお願いいたしまする」

笑いながら昼兵衛が酒をついだ。

「うまいな」

鴨を口にして、思わず新左衛門は声を出した。

「初めてでいらっしゃいましたか」

「うむ。二百石の江戸詰では、とてもとても。二百石といえども、今は藩に半分貸しておる。手取り百石といったところで、五公五民だからな。実質手に入るのは五十石。年に四十両ちょっとよ。拙者はまだ係累がないから、借財もないが、これで親子四人でもあれば、喰いかねる」

新左衛門は嘆いた。

「お武家さまもたいへんでございますな」

「といったところで、なんの苦労もせず、禄は代々受け継いでいけるのだ。働かなくとも喰える。武士というのは妾よりも横着だな」

茸をつつきながら、新左衛門が苦笑した。

「お武家さまには、お武家さまの苦労がございましょう。わたくしどもには命をかけるという危険がございませぬ。まあ、どのような生き方でも、苦労はございますな」

昼兵衛が語った。

「山城屋ではないか。昼間からとは珍しい」

「これは山形さま。ご無沙汰をいたしております」

声をかけられた昼兵衛が立ちあがった。入ってきたのは、体格のいい浪人者であった。くたびれてはいたが、清潔な衣類を身につけ、腰には一目で幅の広さがわかる太刀をはいていた。

「山形さまこそ、お珍しい。昼からお酒でございますするか」

「ああ。ちと雇い主が気に入らぬことをしてくれたのでな。怒鳴りつけて辞めてやったのよ。でまあ、厄落としにここへ来たのだ」

問われた山形が答えた。

「富士屋さんでございましたかな。このたびのお仕事は」

「うむ。夜間の用心棒だったというに、やれ、草をむしれ、薪《まき》を割れと下男扱いしおる。昼間に疲れさせて夜中寝ずの番などできるはずもなかろう」

「それはいけませんな」

「今朝も徹夜明けの拙者に、水汲みを命じおったのでな、約束が違うと出てきてやった。女将、酒となにか肴を二つほど頼む」

ひとしきり文句を言ってから、山形が注文した。

「あのご仁は……かなり遣われるようだが」

新左衛門は訊いた。

「さすがでございますな。お見抜きになられましたか。山形さまは河内和泉のご浪人さまで、ここらあたりの商家に頼まれて用心棒をなさっておられまする」

ふたたび腰を下ろした昼兵衛が述べた。

「……用心棒。失礼ながら、それで喰えるのか」

昼兵衛の話に新左衛門が重ねて問うた。

「いろいろございますが。山形さまほど実績があれば、日当一分は下りませぬ。月に十日も働けば、お一人身ならば十分に」

昼兵衛が答えた。

「さて、そろそろ戻りましょうか。あまり遅くなるとお屋敷の手前もございましょう」

一刻（約二時間）ほどで昼兵衛が切りあげた。

「だの。馳走になった」

新左衛門は頭を下げた。

「うまかった。また寄らせてもらおう」

「ありがとうございました」

女将と主が見送りに出てきた。

「では、お気を付けて」

昼兵衛に見送られて行列が動き出した。

「かたじけのうございました」

駕籠の戸を少し開けて、八重が一礼した。目立たぬよう、弟慎之介は店のなかから姉を見送った。いかに伊達斉村の側室とはいえ、妾なのだ。学問の徒ほど評判を気にする。どこぞの大名家へ召し出される機会を風評で失ってはと、姉が止めたのであった。

「戸を」

言われて新左衛門は駕籠の戸を閉じた。

こうして、八重の宿下りは終わった。

第四章　女人受難

一

斉村の国入りであった一年が過ぎた。あれだけ濃密な期間を過ごしていたにもかかわらず、八重は妊娠していなかった。

藩主のいない側室ほど暇なものはなかった。下屋敷で退屈な日々を過ごしていた八重のもとへ用人坂玄蕃が訪れた。

「国元よりお戻りになった殿が明日よりこちらへお見えになる」

十日前、参勤交代を終えて斉村が出府して来ていた。

「はい」

小さく八重が首肯した。

いかに殿お気に入りの用人でも、奥で側室と会うことは遠慮しなければならなかった。二人は、下屋敷の表、客座敷で対面していた。

「体調に問題は」

「ございませぬ」

妾の仕事はただ一つである。その障害となるのは、体調だけであった。

「結構」

玄蕃がうなずいた。

「一年ぶりに殿をお迎えするについて、一つ注意しておかねばならぬことがある」

「なんでございましょう」

「長旅のお疲れであろうが、殿のご体調があまり芳しくはない」

「それは……」

八重が心配そうな声をあげた。

「お大事にはおよぶまいと医師は申しておるが、あまり無理をおさせ申してはよろしくない。ご静養もかねて殿は、しばし下屋敷に滞在される」

厳しい表情で玄蕃が述べた。

「この下屋敷には、八重どのしかおらぬ。奥をしきり、殿のお疲れをいやすよう、注意を怠らぬように」

「承知いたしましてございまする」

強く八重が首肯した。

「あと、殿の体調がご回復され次第、上屋敷においてご正室さまとのご同衾の儀がおこなわれる」

「ご正室さまと」

「そうじゃ。殿がお国入りなされておられる間に、ご正室さまには、月の印をご覧になられた。よって、延びていたご同衾の儀を執りおこなうこととなった」

「それが、わたくしとなにか」

八重が首をかしげた。

「ご正室さまは、京のやんごとなき公家の姫である。お身体も小さく、蒲柳《ほりゅう》の質であらせられる。男女の営みは陰陽の摂理なりとはいえ、おこたえになられるであろうことはまちがいない」

「はあ」

玄蕃の言葉に、八重が生返事をした。

側室に殿と正室の閨ごとの話をしたところで、戸惑うのは当然であった。あくまでも側室は、閨で主に仕える奉公人にすぎず、夫婦の間にかかわることはできなかった。

「ついては、八重どのに殿へお話を願いたい」

「……わたくしにでございまするか」

八重が首をかしげた。

「うむ。殿にご正室さまとの閨ごとについて、お話をしてもらいたいのだ」

「閨ごとについて……」

「そうじゃ。ご正室さまとの間に生まれたお子さまこそ、正統である。わかるな」

「下屋敷へばかりお見えにならず、ご正室さまとお過ごしになられるよう申しあげればよろしいのでございまするね」

意図を八重が理解した。武家において正室との間にできた男子が、継承者であった。長幼の順は、関係なかった。かの織田信長もそうであった。信長には二人の庶兄がいたが、二人とも側室腹であったため、正室の土田御前の産んだ信長が織田家の跡取りとなった。

もっとも側室の間にも実家の格という差があり、男子の生まれた順が継承の順位とはならなかった。

「そのとおりである。もちろん、八重どのにも子を産んでもらわねばならぬ。こちらに殿がおられるときは、お疲れの出ぬように考えながら、できるだけ多くご精を受けよ」

「……はい」

矛盾した命であったが、八重はうなずくしかなかった。

翌日から斉村は下屋敷に滞在した。

藩主の滞在となると、側近の家臣たちも付いてくる。普段はそう人気《ひとけ》の多くない下屋敷も賑やかとなった。

斉村の寵愛は、一年離れていたことで薄くなるどころか、逆に強くなっていた。

それこそ、八重の体調が悪くないかぎり、斉村は毎晩のように閨へ招いた。

「お身体に障りましょう」

あまりのことに医師も忠告したが、斉村は聞かなかった。

「お楽の方さまが敏次郎君をお産みになられたこともある。やはり、あの女は遠ざけねばならぬ」

井伏が苦い顔をした。

「はい」

同席していた藩士が首肯した。

寛政五年五月十四日、家斉の側室お楽の方が産んだ男子はお七夜をもって敏次郎と名付けられていた。

敏次郎を養子にと願ってはいるが、やはり外様に将軍の子供をというのは、なかなか難しいのか、話は進んでいなかった。この状況で斉村に万一があれば、末期養子に敏次郎をとはいかない。

末期養子とは、当主の死に間に合わせるよう、準備不足を覚悟のうえで迎えるものであり、おおむね当主の兄弟とか分家から出た。これは、本来相続人がいない家は断絶と決まっているものを、名門の血筋を残すという大義名分により認められた経緯からであった。

また、将軍の血筋を迎えるには、それ相応の準備ができていないと、軽視しているとされ、大きな問題になる。

かつて将軍の姫を嫁に迎えた加賀の前田家は、そのためだけに屋敷を新築し、姫の出入り専用の門まで設けた。

娘でさえこうなのだ。将軍の息子を養子としてもらう話が成立したとすれば、かなりの準備が要ることはたしかであった。

「かといって、殿がおられる間に手出しするのはまずい」

目の前で、寵姫《ちょうき》を傷つけられるか、あるいは殺されれば、斉村が激怒するのはわかりきっていた。

「下手人を捜し出せ」

斉村がこう命じれば、藩をあげての探索をしなければならなくなる。八重を連れてきた立花内記や、坂玄蕃も必死になる。井伏に同調する者は多いが、敵も少なくはない。井伏が命をくだして八重を殺したとわかれば、斉村が許すはずもなかった。

「上屋敷へ戻られたときならば、いくらでも糊塗《こと》のしようはある」

小さく井伏が呟いた。

いかに寵姫であっても、奉公人である。その死のために藩主が、上屋敷から下屋敷まで来ることはできなかった。死体さえ見せなければ、病死として斉村をごまかすのはさほど難しくはない。

「いかがいたしましょうや」

「何人か残すように手配をする。隙を見てな」

訊いた藩士に井伏が告げた。

「下屋敷の用人には、儂から話をつけておく」

「よろしいのでございますか。刀傷でも。医師や女中を使って毒を盛らせたほうが……」

「医師や女中は、気が弱く口の軽いもの。万一ことが露見すれば、あっさりと我らの命であることをしゃべろう。対して、そなたたちは、違おう」

藩士の言葉に井伏が返した。

「もちろんでござる。どのような目に遭おうとも、決して口にすることなどございませぬ。いざとなれば、いさぎよく自裁してでも秘密は守りまする」

胸を張って藩士が答えた。

「信じておる。ゆえに、おぬしたちに頼みたいのだ」

「承知いたしましてございまする」

藩士がうなずいた。

「でもどうやって奥へ入りまするか。繫ぎの廊下は、警固が見張っておりまする」

「ふむ」

井伏が腕を組んだ。

「警固は、あのときの江戸番馬上だな。たしか、大月とか申したか」

八重の目見えをじゃましようとした仲間二人を葬り去った新左衛門のことを井伏は覚えていた。

「はい」

「まずは、あやつをどこかへ移すように手を尽くす。それでもだめなときは、実力で排除するしかない」

「……はい」

藩士の声に張りはなかった。

御前試合次席の実績もあるが、二人を相手に勝ったという実戦の結果は、剣を遣う者にとって脅威になっていた。

「自信がないか」

「有り体に申しますれば」

「正直なことを言う。では、どうすれば排除できる」

「三人で囲めば。そのうち一人に槍遣いが入れば、まちがいなく」

問われて藩士が述べた。

「そうか、ならば五人残すようにいたそう。さすれば、三人が大月を押さえている間に、残り二人で八重を……」

「…………」

いけるかと目で問う井伏へ、藩士が無言で首肯した。


「これは……」

上屋敷で政をおこなっていた若年寄立花内記は、回されてきた書付に驚いた。

「いかがなされましたか」

隣で記録を取っていた右筆が尋ねた。

「いや、大月新左衛門をあらたな剣術指南役として、国元へ戻すようにとの求めがあがって参っておる」

「ああ。あの御前試合で剣術指南役の谷口どのと決勝で戦った」

すぐに右筆が思い出した。

「よろしいのではございませぬか。名誉なことでございましょう」

何の問題もなかろうと右筆が言った。

「たしかに、名誉なことではあろうが……なぜ、今なのじゃ」

「なにか……」

立花の疑問に右筆が首をかしげた。

「なぜ御前試合の直後にこの話がなく、一年以上経ってから出てきたのか、みょうだとは思わぬか」

「言われてみれば」

「国元の剣術指南役の誰かが死んだとも聞かぬが」

伊達家ほどになると、剣術指南役も多い。柳生流、一刀流、八条流、願流《がんりゅう》など、八つの流派があり、指南役もそれぞれにいる。他に、居合い、長刀《なぎなた》、弓、鉄砲などもあり、指南役は二十名以上いた。

「大月を動かすのはよいとして、後任には誰をあてるのだ。その書付がないぞ」

「はて、そういえば見た記憶がございませぬ」

右筆が、溜《た》まっている書付をあらため出した。

「ございませぬ」

「大月は、八重さま付きである。殿のご愛妾のご身辺を警固しておる者が、いなくなるというのはよろしくなかろう」

「はい。では、この書付には、後任を決めてから出し直せと付箋《ふせん》をつけまして、戻しまする」

「そうしてくれ」

立花が同意した。

「突き返してきおったわ。立花め」

上屋敷で井伏が不快を露《あら》わにした。

「出世をじゃましてやるなど、気遣いのない奴め」

井伏が罵《ののし》った。剣術指南役は小姓格であり、江戸番馬上よりも上席であった。

「では、井伏さまがこの書付を許可されれば、よろしいのではございませぬか」

腹心となった勘定奉行の高蔵が言った。

「儂の名前を出してはよくないであろう。立花が認めたのであれば、あとで八重が殺されたとき、己の失策になる。儂を責める余裕などなくなろう」

「なるほど」

高蔵が井伏の言いぶんに納得した。

「まあいい。拒否できぬようにすればよいだけだ。こちらの手の者を押しつけるのもよいが、それでは、のちのちしぶきが飛んでくるやも知れぬ」

「では、誰を」

「山吹《やまぶき》がよかろう」

「……山吹。ああ、御前試合で大月に敗北した者でございますな」

一瞬考えた高蔵だったが、すぐに思い出した。

「そうよ。剣術の腕をかなり自慢していたが、あっさりと負けおった。それで大人しくなればよいものを、未だあの勝負は大月が卑怯《ひきよう》な手を遣ったからじゃと言いふらしておる。現状を理解できぬ者は、実戦の役には立たぬ」

「それでいて、剣の遣い手であると知られている」

「ちょうどよいであろう」

「まさに、仰せのとおりで」

感心した高蔵が一礼した。


いわば不備で戻された書付は、一日おいて再提出されてきた。

「大月どのの後任に、上屋敷徒組《かちぐみ》山吹雅之信《まさのしん》どのをあてておりまする。妥当なところではないかと思いまする」

右筆が意見を述べた。

「山吹か……」

目を閉じた立花が、思案した。

「御前試合に出るほどの腕だとはわかるが、人柄はどうなのだ。八重さま付きとならば、将来和子さまがお生まれになられたおりは、そのまま警固役としてお仕えすることになる」

「……人柄でございまするか」

少しだけ右筆の口が濁った。

「あまり芳しい噂を聞かぬぞ」

「たしかに」

右筆も認めた。

「この一件、御前試合にもかかわることゆえ、殿のご裁可をいただこう。そのように手配いたしておけ」

下屋敷に籠もっている斉村のもとへ書付を送ることはない。実質、新左衛門の指南役への就任は棚上げとなった。

「はっ」

立花の命に右筆がうなずいた。

二

「見知らぬ顔が増えるのは、やりにくいの」

下屋敷の、奥と表を繋ぐ廊下を扼《やく》する小座敷へ向かいながら、新左衛門は嘆息した。

「殿のご来訪が重なるをもって、下屋敷の警固を厳重にすることとなった。補われる者は、木挽町の下屋敷から回す」

藩庁からの通達によって、下屋敷の人員が増強された。

すでに木挽町の下屋敷は、分家である宇和島伊達家十万石へ返還されていた。そこにいた家臣たちは、他の屋敷へ移されていたが、まだ役目を与えられていなかった。今回の人事は、余剰人員の活用という形での異動と見られていた。

「狭くなるのもかなわぬ」

今まで新左衛門一人で詰めていた控え室に、新規配属された徒組三名が増えた。もっとも新しい徒組三名は、下屋敷に斉村が来たときの警固であり、八重の担当は新左衛門一人と変わっていなかった。

下屋敷は上屋敷ほど奥と表の区切りが厳重ではなかった。奥女中が用件を伝えに表まで来ることもあれば、表役人が奥の客座敷まで出向くこともある。

新左衛門が詰めているのは、その往来の廊下の表側であった。もちろん、奥側にも詰め所があり、そこにも数名の奥女中が控えていた。

奥と表を繋ぐ廊下は、明け六つ（午前六時ごろ）から暮れ六つ（午後六時ごろ）

まで開かれ、それ以外は、重い木の扉で封鎖される。ただ一人の八重付きである新左衛門は、扉が開く前に詰め所へ入り、閉まるまで詰めていなければならなかった。

「おはようござる」

詰め所へ入った新左衛門は、すでに来ている三名の徒組へ、軽く一礼した。

「おはようござる」

三名も礼を返した。

身分としては江戸番馬上上席格である新左衛門が、高い。新左衛門は控え室の奥へ、腰を下ろした。

「大月どの」

徒組の一人が声をかけた。

「先ほど下屋敷の者に聞きましたが、本日、殿には上屋敷へお戻りになられるとか」

「ほう。それは初耳でござる」

新左衛門はほっと息を吐いた。

斉村がいるだけで、下屋敷の雰囲気が違ってくる。誰もが緊張していた。

「昼前に、お迎えの行列が来るとのこと」

「では、朝早いうちに殿は、お廊下を通られることになりまするな」

「さようでございますな」

徒組の一人が首肯した。

「異状を確認いたしておこう」

立ちあがって新左衛門は廊下を見て回った。

もしなにかが落ちていたり、控え室の障子が破れていたりしては、下屋敷の誰かが咎めを受けかねなかった。

「大事ないようでござるな」

ひとしきり見て新左衛門は納得した。

「そろそろ刻限でござろう」

明け六つを報せる寺院の鐘が聞こえてきた。

「扉開けまする」

廊下の中央をふさいでいる木の扉の向こうから、奥女中の声が聞こえてきた。

「承知つかまつりましてございまする」

廊下の端で待機していた中小姓たちが、小走りで扉に取りついた。

分厚い檜《ひのき》の一枚板に金輪を打った扉は、重い。中小姓と女中が協力しなければ開けられるものではなかった。

重い音がして木の扉が、開かれた。

「では、一日、よしなに」

控え室の上席として、新左衛門は執務の開始を宣した。

一刻（約二時間）ほど経ったところで、奥女中から斉村の表への帰還が報された。

「殿がお戻りである」

ふたたび中小姓たちが廊下に集まった。

「我らも……」

新左衛門は立ちあがって、控え室の敷居側で正座した。三名の徒組も続いた。

「お戻り」

中小姓が大きな声を張りあげるのに合わせて、新左衛門たちも平伏した。

額を畳につけていると、中小姓に先導された斉村の足が目の前を通った。

「…………」

その不確かさに新左衛門は絶句した。

「殿のご体調が……」

後ろからも心配する声が聞こえた。

「席へ戻るぞ」

最後の中小姓が過ぎるのを見送って、新左衛門は立ちあがった。

一カ月近く下屋敷で過ごした斉村を迎えた上屋敷の者たちは、一様に目を見張った。

駕籠から降りてきた斉村の顔色が、あまりにも悪かったのである。

「殿。ご大事ございませぬか」

玄蕃が斉村の足下へ跪《ひざまず》いて問うた。

「うむ。少しふらつくが、気分は悪くない」

斉村が否定した。

「駕籠に酔ったのかも知れぬ。しばし横になる」

「はっ、ただちに用意を。御座の間へ夜具の用意をいたせ。医師も呼べ」

「大仰にするな」

小姓たちに命じる玄蕃へ、斉村が言った。

「申しわけございませぬが、医師の診察を受けていただきまする」

「それはかまわぬが、薬は要らぬぞ。医師どもの用意する薬は苦い」

嫌そうな顔を斉村が見せた。

「薬が入り要かどうかは、医師が決めますゆえ、もし、お飲みいただくとなりますれば、ご辛抱を願いまする。お身体のためでございまする」

玄蕃が言った。

「わかった」

しぶしぶ斉村が承知した。

医師の判断で、斉村と正室興姫の閨の儀は延期されることとなった。

「どうなのだ、殿のご容態は」

診療後の医師を別室に呼んで、玄蕃が問うた。

「かなりご衰弱なされておられまする」

医師が暗い顔をした。

「腎虚《じんきょ》か」

「いいえ。腎ではなく、胃の腑《ふ》ではないかと」

玄蕃の質問に医師が首を振った。

腎虚とは、荒淫《こういん》を重ね精を発しすぎることで起こる、男子の衰弱を言った。

「胃の腑か」

「おそらくは。食が細いうえに、お召しあがりになったものを消化吸収できておられぬようでございまする」

「どうすればいい」

「滋養のあるものをゆっくりお食べいただくことが肝要だと考えまする。あと、駕籠や馬に乗られて、胃の腑を揺するのもよろしくありませぬ」

医師が述べた。

「胃の腑の働きをよくするお薬をお出ししておきまする。食前に煎《せん》じてお飲みいただきますよう」

「わかった。小姓へ申しつけておく」

うなずいた玄蕃は、薬の調合に入るという医師を残し、斉村へ目通りを願った。

「しばらくの間、下屋敷へのお出ましはご遠慮くださいませ」

「なぜじゃ」

告げられた斉村が不機嫌を露わに問うた。

「同じ江戸にあるとはいえ、下屋敷までは一刻（約二時間）弱かかりまする。殿のお身体にかかるご負担が大きすぎますゆえ」

「わかった。では、八重を上屋敷へ呼べ」

「今すぐにというわけには参りませぬ。ご側室をお受けするには、それなりの準備をいたさねばなりませぬ」

「急げ」

斉村が命じた。

「殿、八重さまをご寵愛いただくのはよろしゅうございまするが、できますれば、お一人ではなく、他の側室もお召しくださいますよう」

「他の側室だと。国御前を呼ぶのか」

国御前とは、藩主が参勤交代で仙台へ行っている間の世話をする側室のことである。幕府の決まりで正室が江戸を離れられないので、その代理扱いを受け、御前の敬称が与えられていた。

　跡継ぎを作ることが急務である斉村の相手をさせるため、立花内記が国元で手配した藩士の娘であった。

「いいえ。お国御前さまは、仙台にいていただかなくてはなりませぬ」

　玄蕃が首を振った。一度江戸へ呼んでしまうと、幕府の出女禁止の令にひっかかり、国元へ返すのが難しくなる。なにより一年斉村の相手をしていたのだ、国御前が妊娠していないとはかぎらなかった。妊娠したての女を仙台から江戸まで動かすなど、流産させるも同然であった。

「新しいご側室をお召し願いまする」

「八重以外にか」

「はい」

　斉村の確認に玄蕃が首肯した。

「すでに二人おるのにか」

「伊達の当主とすれば、少のうございまする。吉原がよいをされた綱村《つなむら》さまのおまねごとは遠慮願いまするが、もうあと一人二人はお召しをいただきたく」

「わかった……。体調が回復したのちにな」

　玄蕃の言葉に斉村が同意した。

「のう、玄蕃」

「はっ」

「体調が悪いというにもかかわらず、新しい側室の話。余が藩主である理由は、やはり子を作ることだけのようじゃな」

「……畏れ入りまする」

　斉村の皮肉に、玄蕃が平伏した。

　上屋敷にて斉村が静養に入ったとの報せは、その日の夜下屋敷までもたらされた。

「姦婦《かんぷ》め。殿のお身体をいたわりもせず、寵愛をほしいままにご負担をかけおったな」

　井伏の配下である徒組たちが、夜間集まっていた。

「和子を産めば、お腹さまだ。浪人の娘から、仙台藩藩主の母。まさに大出世よな」

「そのために、殿を閨に引きずりこむなど、論外である」

　徒組たちは、井伏による敏次郎君を養子とする計画を支持しているが、伊達家への忠義を失ってはいない。

「討つべし」

「うむ」

　一同の意見が一致した。

「やはり、昼間でなければならぬな」

「うむ。あの扉を破るのは容易ではない」

　手段の話し合いに移っていった。

「三人でまず大月をやる。その間に二人が奥へと駆けこみ、姦婦を討つ」

「その手しかなかろうが……奥におる女どもはどうする。詰め所におる者は、女だてらに長刀をよく使うと聞くぞ」

　男の入れない奥である。警衛のため、女武芸者が数名詰めていた。

「女武芸者……しょせんは飾りよ。戦いもろくには知るまい。我らの敵ではない」

　奥へ突入することに決まっている徒組が笑った。

「前山《さきやま》、油断はするな」

新左衛門を押さえる役を担う別の徒組がたしなめた。

「おぬしこそ、大月をちゃんと始末いたせよ。相手は御前試合の次席だ。こちらの心配をしている余裕などあるまい」

前山が言い返した。

「よせ。意味のない諍《いさか》いをするな」

頭役である徒組が止めた。

「決行は明日。拙者と水田《みずた》、先島《さきしま》で大月を。前山、猪野《いの》が、八重をやる。女武芸者がじゃました場合は、前山が相手をしろ。我らも大月を排除次第、加勢する」

「で、小田どの。ことをなしたあとはどうする。我らのことを知られるぞ」

前山が訊いた。

「井伏さまと打ち合わせずみだ。路銀を預かっておる。このまま江戸を離れ、近江《おうみ》へ向かう」

「近江か。国元ではなく」

水田が確認した。

近江には、伊達家の飛び地があった。近江国蒲生《がもう》、野洲《やす》の両郡《こおり》にまたがって一万石の領地があり、代官所が置かれていた。

「近江代官は、井伏さまの親戚筋にあたるそうだ」

小田が説明した。

「無事、敏次郎さまが伊達を相続なされたら、我らは徒組から小姓頭として復帰させていただく約定になっておる」

「そうか」

徒組からすれば、小姓頭は大出世である。

「抜かりのないように、武具の手入れを怠るな」

「おう」

名目と実利の二つを得た徒組たちが、応じた。

三

藩主のいない下屋敷で過ごす側室の一日は、判で押したように同じであった。

「お目覚めの刻限でございまする」

明け六つ前、与えられた部屋で眠っているところを起こされ、洗顔しながら髪を結われ、奥医師の診察を受けたのちに朝食、その後は書や歌などの練習となる。昼《ひる》餉《げ》を摂《と》ったあとは、習いごともないが、これといってすることもなく、夕餉をただ待つだけ。夕餉のあとは、入浴、そして就寝と決まっていた。

いつもの奥女中の声で目覚めた八重が、繰り返す日々に嘆息していたころ、渡り廊下表側の詰め所でまず騒動が始まった。

「大月どの」

詰め所まで出てきた新左衛門へ、小田が呼びかけた。

「なにか」

「殿のご体調が優れぬとの噂はご存じであろう」

「うかがっておる」

新左衛門はうなずいた。

「その原因がご側室にあるという噂は聞いておられるか」

「根も葉もない噂でござろう」

「いや。火のないところに煙は立たぬ。八重は殿のお側にあっていい者ではない」

小田が敬称を消して断じた。

「何を考えている」

殺気を感じて、新左衛門は緊張した。

「君側の姦婦を除く。我らは、殿のお身体を守るため、決起することにした」

「八重さまに手を出すつもりか。そのようなこと殿が許されぬ。謀反と同じ。家だけではなく一族まで咎《とが》を受けることになるぞ」

「いずれおわかりいただける」

忠告する新左衛門の言葉にも小田たちは耳を貸さなかった。

「そのようなまねをさせるわけにはいかぬ」

新左衛門は、脇差の柄に手をかけた。

「三人に勝てると思っているのか。大人しくしておれば、命だけは助けてやるぞ」

小田が太刀を抜いた。水田、先島も続いた。

「…………」

無言で、新左衛門は踏みこんだ。脇差を鞘走らせながら、水平に薙いだ。

「こいつ」

先頭にいた小田が、あわてて後ろへ下がった。

「手向かいするか。ならば、死ね」

小田が手を振って、水田、先島へ合図した。

「参る」

最初に水田が、太刀を振りあげた。

長く剣術を学んできた者ほど、上段へ太刀をあげる癖が染みついていた。高々と天を刺した切っ先が、低い天井板に突き刺さった。

「えっ」

動かなくなった太刀に、水田が驚いた。

「馬鹿者が」

新左衛門は水田のみぞおちを突いた。

「ひくっ」

水田が小さく震えて死んだ。

「……水田」

「おのれっ」

小田と先島が絶句した。

「来い」

頭に血ののぼった二人を新左衛門が挑発した。

実戦を経験したことがない者ほど、血を見れば気がうわずる。仲間の死を見せつけられた小田と先島が、我を忘れた。

「刀の錆《さび》にしてくれる」

先島が太刀を下段に落とした。

控え室は八畳ほどの大きさしかない。間合いを十分取ることはできなかった。新左衛門は脇差を青眼に構えて、膝を曲げた。

正面に先島、左側に小田を見ながら、新左衛門は少しずつ足を送り、間合いを均等に取れる位置へと動いた。

「まだか、なにをやっている」

そこへ、表の徒組控え室から奥へと向かう前山と猪野が通りかかった。

「水田がやられた」

歯がみしながら小田が告げた。

「なんだと」

二人が、倒れている水田を見た。

「こいつ」

猪野が手にしていた槍をしごきながら、控え室へと入ってきた。

「……槍」

大きく新左衛門は息をのんだ。

新左衛門が太刀ではなく、脇差を選んだのは狭い室内で、太刀を振り回しては水田のように天井や梁《はり》へ切っ先をぶつけかねないと考えたからであった。事実、そのおかげで戦いの初めに一人を葬ることができた。

しかし、相手が槍となれば、話は違った。

槍と脇差では間合いに差がありすぎた。また、太刀よりも長い槍であるが、その動きは突き出す、引くの二つを基本としており、狭い室内でもそれほどの制約を受けなかった。

「小田どのは、奥へ」

「わかった。任せる」

促されて小田が前山とともに渡り廊下へと駆けていった。

「待て」

新左衛門は制止の声をあげたが、槍と先島に押さえられて動けなかった。

「やあああ」

先島が、斬りかかってきた。

「……おう」

下段から伸びてくる先島の太刀を、新左衛門は避けず、脇差の峰で受けた。

「ちいい」

太刀を止められた先島が下がろうとするのに、新左衛門は合わせた。

「離れろ、先島」

猪野が叫んだ。

先島が近くにいるかぎり、槍は同士討ちを嫌って、自在に攻撃できなかった。

「喰いついてきて、離れぬ」

焦った先島が、太刀を水平に薙いだ。

「…………」

新左衛門は太刀のなかほどを脇差の峰で叩いて弾《はじ》いた。そのまま新左衛門は前へ出た。

「わっ」

懐へ入りこまれた先島が、目をむいた。

「どけっ、先島」

「あわあわ」

怒鳴りつけられた先島があわてて、右へ逃げようとした。

「させぬ」

脇差を小さく振って、新左衛門は先島の右小手を撃った。

「うぎゃああ」

悲鳴をあげて、先島がしゃがみこんだ。

「よしっ」

ようやくじゃま者がいなくなったと猪野が槍を繰り出した。

「ふん」

槍の穂先は、先島の頭越しに来るとわかっていれば、脇差でも十分対処できた。新左衛門は、槍の穂先を脇差の刀身に沿わせるように滑らせてずらした。

「ちっ」

舌打ちした猪野が、槍を手元へ戻し、勢いをつけてふたたび突いた。

「腕が、腕があ」

斬られた右手首を押さえて呻《うめ》いている先島を、新左衛門は蹴りあげた。

「避けろおお」

そこへ猪野の槍が来た。

痛みにもがく先島に猪野の声は届かなかった。

「げふっっ」

槍の穂先が先島を背中から貫いた。

「……先島」

猪野の顔色が真っ赤になった。

「きさまああ、先島をよくも盾に……許さぬ」

「最初から殺すつもりであったろうに、なにを今さら」

新左衛門は、さらに挑発した。

「さあ、残るはおまえだけだ。覚悟はいいか」

半身になった新左衛門は、猪野へ脇差の切っ先を模した。

渡り廊下を駆けた二人を、詰め所にいた女武芸者が迎えた。

「奥へ入ることは許されぬ」

「下がれ」

女武芸者たちが、口々に小田と前山を制止した。

「……………」

走る足を緩めず、小田と前山は女武芸者のなかへ突っこんだ。

「まさか」

長刀で迎え撃ったが、戸惑いが一拍の遅れを生んだ。

「しゃっっ」

小田が太刀で女武芸者を袈裟懸けに斬った。

「ぎゃあああ」

女武芸者が血しぶきをあげた。

「ひいっっ」

他の女武芸者が悲鳴を漏らした。

「浅かったか」

倒れた女武芸者がまだ生きているのを見て、小田が呟いた。

「こやつめ」

一人の女武芸者が、我に返って手にしていた長刀を振った。

「ふん」

前山が太刀で、長刀を受け止めた。

「えい、やあ」

女武芸者が長刀を型どおりに撃ち、払いした。

「おろかな。同じ動きなど何度繰り返しても意味はないわ」

そのすべてを前山は止めた。

「急がねば。騒動を聞きつけて人が来るぞ」

血刀を振るいながら、小田が述べた。

「わかっている。お遊びはこれまでだ」

前山が、止めた長刀を強く押し返した。

「きゃっ」

武芸者らしくない声を出して、女武芸者の体勢が崩れた。

「しゃああ」

勢いのついた太刀を前山が斬りあげた。

「あああああああ」

帯から右肩へと裂かれた女武芸者が、倒れた。

「ええええい、じゃまだ」

足下に伏している女武芸者を小田が跨《また》いで、前へ出た。

「ひいいいいい」

近づかれた女武芸者が、逃げた。

「あっ」

一人残された女武芸者が、顔色を失った。

「どけっ。抵抗せねば、きさまに用はない」

刀を突きつけて、小田が宣した。

震えながらも女武芸者が首を振った。

「…………」

「今逃げても、あとで自裁せねばならぬ。ならば、家名のため戦って死ぬことを選ぶ」

悲壮な顔で女武芸者が決意した。

女とはいえ武芸をもって仕えているのだ。それが卑怯未練なまねをしたとなれば、厳重に処罰された。狼藉者を前に戦わずして逃げたとなれば、まちがいなく死を命じられる。さらに実家にも影響は出た。自害をすれば罪を償ったと扱われるが、武家にとってもっとも忌むべき卑怯者を出したとして、実家は軽くて閉門、下手をすれば改易もありえた。もっとも、藩からの罪は与えられなくとも、周囲の見る目は一気に変わる。親戚づきあいは絶たれ、婚姻や養子などの約束はまちがいなく破棄された。

ぎゃくに戦って死ねば、八重を守りきれなかったとしても、不名誉だけは免れられる。

「通さぬ」

女武芸者が長刀を下段に構えた。

「面倒な……」

前山が吐き捨てた。

「無駄死にするだけだというに」

冷たい目で小田も女武芸者を見た。

「さっさと片付けるぞ」

「おう」

二人が、女武芸者へと太刀を向けた。

同士討ちをさせられた猪野が怒り心頭の表情で、新左衛門へ穂先を擬した。

「しゃ、しゃ、しゃ」

小刻みに槍を突き出してきた。

「ふん……」

新左衛門は、そのうち身体に当たりそうなものだけを脇差で逸《そ》らしていた。

「そうりゃあ」

突き技を繰り返していた猪野が、不意に槍を薙いだ。

槍の穂先は鋭いが、突くのを目的として作られている。もちろん薙ぎでも当たれば、皮膚や肉を十分裂けるが、急所でないかぎり致命傷となることはない。

薙いできた槍のけら首を新左衛門は脇差で叩いて止めた。

「この……」

すばやく槍を引いた猪野が、またぞろ突いてきた。

「覚えるわ」

早い槍の動きも何度と見せつけられると追えるようになる。新左衛門は、近づく穂先へ向かって走った。

「馬鹿が」

槍に向かってくるなど、死を呼ぶのと同じである。猪野が笑った。

「……はっ」

槍の穂先が目に入った瞬間、新左衛門は左へ跳んだ。

「逃がすか」

猪野が穂先の軌道を変えた。

さらに左へと新左衛門は動いた。

長い得物《えもの》に対する方法として、相手の右側へ逃げるというのがある。相手の左へ逃げれば、左足を軸にどこまでも追い続けられるが、右へ逃げられると脇が開いてしまい、どこかで追跡できなくなった。

「くそっ」

脇が完全に開き、穂先がぶれた。

「はっ」

待っていた新左衛門は、力を失った槍の柄を脇差で斬った。

「うおっ」

穂先を失って軽くなった槍に、猪野が驚きの声を出した。

「なんのう」

残った槍を新左衛門へ投げつけ、腰の太刀へ手をかけたのはさすがであった。

「効くものか」

無理な姿勢から投げた槍などかわす意味もない。新左衛門は槍の柄を胸で受け止めると、そのまま脇差を片手で振った。

間合いの短い脇差を太刀並みにする技であった。

新左衛門は、しっかりと右肩を前へ出し、脇差を伸ばした。

「早いっ」

猪野が焦った。しかし、太刀を鞘走らせる暇は与えられなかった。

「はっ」

鋭い気合いとともに、新左衛門の脇差が猪野の首筋を刎《は》ねた。

「あくっ」

気の抜けたような声に続いて、猪野の首から血が噴き出した。

「あああああああああ」

猪野が手で首を押さえたが、血はいっこうに納まらなかった。

「間に合うか」

最期を新左衛門は看取ってやらなかった。八重のもとへ向かった二人を止めなければならない。

血刀を手に新左衛門は廊下へ飛び出した。

四

「しぶとい」

前山が苦い顔をした。

「これはどうだ」

小田が太刀で突いた。

「はっ」

女武芸者が、長刀で下から小田の一撃を払った。

守りに徹したおかげで、女武芸者は傷を負いながらも、なんとか生きていた。

「吾がやる。前山は、姦婦を」

「承知」

ようやく小田が女武芸者の排除をあきらめた。

「行かせませぬ」

女武芸者が荒い息をつきながらも立ちふさがった。

「やっと立っておられる有様で、よく言う」

小田が太刀を水平に薙いだ。

「なんの」

後ろへ跳んだ女武芸者に、続けて小田が薙ぎを放った。

「このていどなど」

左へ跳んで女武芸者が避けた。大きな隙が廊下にできた。

「行けっ」

「任せた」

前山が走った。

「しまった。おのれ」

女武芸者が唇を噛《か》んだ。女武芸者は小田の攻撃で、廊下の端へと追いやられていた。

「奥のお女中方、狼藉者が八重さまのもとへ」

大声を女武芸者があげた。

「よいのか。そのようなことを叫んで」

「なんだと」

女武芸者が小田の言葉に反応した。

「女中どもに、前山を止めるだけの力はない。だが、知ってしまった以上、見過ごすことはできなくなった。きさまの一声で何人の女が無駄な抵抗をして死ぬことになるかな。浅はかな奴」

「うっ……」

嘲笑された女武芸者が呻いた。

「女だてらの武芸。生兵法《なまびょうほう》があだとなったな」

小田が太刀を青眼に戻した。

「あああ」

女武芸者が、長刀を構えようとした。しかし、動揺が大きく切っ先が定まらなかった。

「悔いを抱いて死ぬがいい」

すっと間合いを詰めた小田が、太刀をほんの少しだけあげた。

「待てい」

制止の声が響いた。

「大月」

小田が驚愕した。

「槍を排除したというのか」

「せいやあ」

駆けた勢いのまま新左衛門は、脇差を突き出した。

「ちっ」

身体を回して、小田が女武芸者へ向けるはずだった一刀を新左衛門へと変えた。

「遅いわ」

無理な体勢からの一刀である。小田の太刀に勢いがないと見た新左衛門は一撃を無視して、突いた。

「ぐえっ」

「つううう」

胸を突かれて小田が絶息した。返り血を気にすることなく、新左衛門は脇差を抜いた。小田の胸から血があふれ出し、新左衛門の衣服へ飛んだ。

「大事ないか」

呆然としている女武芸者へ、新左衛門は声をかけた。

「は、はい……」

女武芸者が首を振った。

「あなたさまこそ、傷が」

小田の薙ぎを身体で受けた新左衛門の右脇腹が裂けていた。

「食いこむより、こちらが早かった。死人の太刀だ。浅い」

新左衛門は大丈夫だと告げた。

「八重さま付きの大月新左衛門だ。もう一人いたはずだ」

「下屋敷別式女《べつしきめ》の斎藤弥生《さいとうやよい》でございまする。もう一人は、奥へ」

弥生が奥を指さした。

「わかった。弥生どのは、人を呼んでくれるよう」

言い捨てて新左衛門は奥へ走った。

弥生の叫び声に続いて抜き身を持った侍が暴れこんできたのだ。奥は大騒ぎになっていた。

「狼藉者じゃあ」

「別式女は何をしておる」

「表へ、表へ報せを出せ」

奥女中たちが右往左往した。

「八重はどこだ」

前山が手近な奥女中を捕まえた。

「ひいいいいい」

白刃を突きつけられた奥女中が、悲鳴をあげた。

「どこだと訊いておる」

「いやああああ」

奥女中は泣き叫ぶだけで、言葉の体もなしていなかった。

「ええい、役立たずめ」

奥女中を突き飛ばして、前山が手近な部屋の襖を開けた。

「違う」

前山が次々と確認していった。

「ここにもおらぬ」

いらだった前山が、腰を抜かしている奥女中へ、刀を擬した。

「八重はどこにいる」

「ひっ」

奥女中が手で逃げようともがいた。

「答えぬなら、不要」

前山が奥女中を斬った。

「ぎゃあああああ」

斬られた奥女中が絶叫した。

「ひえっ」

近くにいた奥女中たちが、悲鳴を漏らした。

「次はおまえだ。死にたくなければ言え。八重はどこだ」

失禁している奥女中へ、前山が血刀を見せた。

「や、八重さまは、この廊下の突き当たりを右へ」

奥女中がしゃべった。

「初めからそう言えば、死人を出さずともすんだのだ」

前山が答えた奥女中を蹴り飛ばした。

「ぐえっ」

柱で背中を打った奥女中が気を失った。

「じゃまするな。遠慮せぬぞ」

刀を振り回して威嚇しながら、前山が走った。

「曲者《くせもの》はどこに」

追うようにして新左衛門は、奥へと入った。

「ひいいいい」

血刀を下げた新左衛門に奥女中たちが驚愕した。

「……八重さま付きの大月じゃ。八重さまは」

八重付きとはいえ、新左衛門は奥へ足を踏み入れたことはなかった。

「大月さま」

名前を知っていた奥女中がいた。

「曲者は、奥へ。八重さまのお局《つぼね》へ」

「局は……」

「突き当たりの右でございまする」

奥女中が指さした。

「かたじけない」

新左衛門は礼を述べて、駆けた。

「ここか」

前山が八重の局の襖を蹴《け》破《やぶ》った。

「きゃあ」

吹き飛んだ襖に奥女中が悲鳴をあげた。

斉村の寵姫である八重に与えられた局は、大きかった。下段、上段の二間からなり、付けられた奥女中も六名いた。

「な、なにやつじゃ」

上段の間で八重を背にかばった奥女中が気丈に詰問した。

「八重さまと知っての狼藉か」

「知っておるからこそ、来たのだ。姦婦、覚悟せい」

前山が下段の間へと踏みこんだ。

「姦婦とは、誰のことか」

堂々と背筋を伸ばしたまま、八重が問うた。

「きさまだ。殿のご体調が優れぬようになったのは、おまえが下屋敷に来てからぞ」

「殿のご体調が……宇治《うじ》、まことか」

八重がかばっている奥女中へ訊いた。

「はい。ではございまするが、殿のご不調は胃の腑によるものでございまする。決して腎虚ではございませぬ」

説明をした宇治が首を振った。

「そのようなことかかわりないわ。殿のお命をお縮めする姦婦、毒婦め。成敗してくれるわ」

「その者を止めよ」

宇治が命じた。

「どけっ」

出てきた奥女中の頬を前山が右手で殴った。

「ぎゃっ」

鼻血を出して奥女中が倒れた。

「手向かいをいたすな」

それを見た八重が制止した。

「そなたも離れなさい」

「……八重さま」

言われた宇治が首を振った。

「かたじけなくは思いまするが、そなたがいてくれたところで、変わりませぬ。一人死人が増えるだけ」

八重が諭した。

「いい覚悟だ。安心しろ。おまえ以外は殺さぬ」

前山が上段の間へ達した。

「さあ、行きなさい」

「…………」

無言で見つめる宇治の背中を八重が押した。

「念仏を唱えろ」

「神仏など、とうに見かぎっておりまする」

八重が拒んだ。

「ただ一つ。殿にお礼を申しあげておいてくださいますよう」

「…………」

斉村のことを言われて、前山が沈黙した。

ゆっくりと前山が切っ先を八重の胸元へ付けた。衣服を貫いた刃《やいば》が、八重の胸乳に食いこみ、鋭い痛みを与えた。八重が目を閉じた。

「ぐえっ」

みょうな呻きを前山が発した。

「……えっ」

目を開けた八重が驚愕した。

前山の腹から刀が生えていた。八重の胸元を傷つけていた太刀が、力なくはずれていった。

「間に合ったか」

「大月どの」

声で八重が気づいた。

「宇治どの、八重さまを早く他の場所へ」

新左衛門は宇治へ指示した。

「は、はい」

唖然《あぜん》としていた宇治が、突っ立ったまま死んでいる前山から目を背けながら、八重のもとへと行った。

「さっ、八重さま。こちらへ」

「お待ちなさい」

八重が宇治を止めた。

「怪我《けが》をしておるではありませぬか」

立ちあがった八重が新左衛門に近づいた。

「かすり傷でございますれば」

あわてて新左衛門は離れようとした。

「動きやるな」

新左衛門の袖を摑《つか》んだ八重が、着ていた小袖《こそで》の袂《たもと》をちぎると傷へ押し当てた。

「医師が来るまで押さえておりますよう。よろしいな」

「はっ」

見つめられた新左衛門は、凛《りん》とした瞳に威圧された。

「誰ぞ、医師をこれへ」

「八重さま」

宇治がしびれをきらせた。

「わかりました。怪我をした者の手当てを」

念を押して八重がようやく局を出て行った。

「脇差を返してもらうぞ」

前山を貫いた脇差を、新左衛門は引き抜いた。立ち往生していた前山が、大きな音を立てて倒れた。

「曲がってしまったか」

畳に崩れた前山を一瞥《いちべつ》した新左衛門は、脇差の刃を見て嘆息した。

「一晩吊《つる》すしかないな」

曲がった刀は柄に紐をくくり、天井からぶら下げておけば、軽微な故障ならもとに戻った。

「お八重さまはご無事か」

弥生を先頭に、表から藩士たちが駆けつけてきた。

「やっと終わったな」

気の抜けた新左衛門は座りこんだ。

下屋敷の騒動は、その日のうちに上屋敷へ報された。

「殿にはお報せするべきではない」

「いや、ご寵愛の八重さまに藩士が斬りつけたのだ。まず殿へご報告し、ご指示を仰ぐべきである」

井伏と立花の意見が対立した。

飾りに近い奉行は、執務部屋の上座で沈黙を守り、実質井伏、立花二人の争いとなっていた。

「ご体調の優れぬ殿にご心労をおかけするようなまねをしてどうする。いっそうお悪くなるやも知れぬではないか」

井伏の言葉には名分があった。

「人の口に戸は立てられぬ。かならずや殿の耳にこの話は入る。となれば、隠していたとお叱りを受けることになる。お怒りを招く。それこそ胃の腑にもっとも悪いことであろう」

立花の説にも道理はあった。

「いかがいたしましょうや。お奉行」

話し合いはつかず、結論は奉行へと任された。

「どちらの言いぶんにも利がある」

奉行が口を開いた。

「藩のなかで起こったことは、殿の耳にお入れするのが筋。しかしながら、殿のご体調が優れぬ今、それが正しいかどうか。儂は今のところ殿のお耳に入れず、ご体調のよいおりを見てお話し申しあげるでよいと思うが」

折衷案を奉行が提示した。

「承知いたしましてございまする」

「お言葉に従いまする」

実権を持たぬとはいえ、奉行の判断に異論を唱えることはできなかった。井伏と立花も了承した。

「で、八重を襲った者どもは、どうなったのだ」

側室とはいえ奉公人には違いない。執務部屋では呼びすてられる。

「全員死にましてございまする」

奉行の問いに、立花が答えた。

「身元はわかっておるのであろうな」

「すでに家族の者どもも取り押さえてございまする」

井伏が告げた。

「では、その者たちの処分を殿にお報せするまでに決めておかねばならぬ」

「はい」

二人がうなずいた。

「愚か者どもを防いだのは、大月新左衛門であったかな」

御前試合次席となれば、奉行でも名前を知っていた。

「さようでございまする」

「江戸番馬上上席で二百石だったかと覚えておるが、褒美をやらねばなるまい」

「畏れ入りまする」

立花が一礼した。

「お待ちくだされ」

手をあげて井伏が制した。

「大月新左衛門の役目は八重さま警固でござる。それが、奥まで不埒者《ふらちもの》の侵入を許したのでござれば、罰せられて当然。八重さまをお助けしたことで、それを相殺したとしても、男の身で奥へ入ったことは許されませぬ。褒賞などとんでもない。お役を免じ、謹慎させておくべきでござる」

井伏が罰を与えるべきだと述べた。

「おもしろいことを言われる」

鋭い眼差《まなざ》しで立花が井伏をにらんだ。

「大月を咎めるとならば、下屋敷の者一同無事ではすませられませぬぞ」

「どういうことじゃ」

井伏が訊いた。

「このたびの騒動を起こした者すべて下屋敷の警固を命じられた江戸徒組でござる。その責は下屋敷を統轄する用人にございましょう。まず、下屋敷用人を免職、謹みにせねばなりませぬ。さらに調べましたところ、あの五人はすべてもと木挽町の下屋敷へ詰めておりました者たち。木挽町の屋敷を宇和島へ返してのち、下屋敷へ配されたようでございまするが、その人事をいたした者も罪の一端を担うべきだと存じまするが。右筆」

話を途中で切って、立花が右筆を呼んだ。

「これに」

記録を取るため部屋の隅で控えていた右筆が応えた。

「あの者たちの異動を記した書付は保存されておろうな」

「はい。右筆部屋の書庫にございまする」

右筆が答えた。

「それを……」

「待て」

奉行が止めた。

「そこまで連座を拡《ひろ》げることになるのはよろしくないであろう」

「……」

立花が沈黙した。

「仰せのとおりでござる」

すぐに井伏が追従した。

「その代わり、大月の功績を認めてやらねばなるまい」

「な、なぜでございまするか」

井伏が驚愕した。

「命をかけて役目を果たした。それでいてお役ご免のうえ謹慎などとなっては、誰がこのあと役目のために賭命《とめい》する」

「……」

今度は井伏が黙った。

「大月には五十石の加増をしてやれ。本来ならば禄を倍増してやるほどの手柄であるが、あまり派手なことをしては、恨みが向かおう」

最終判断を奉行がくだした。

「はっ。大月に成り代わり、お礼を申しあげまする」

ただちに立花が受けた。

「あともう一人別式女がいたな」

「はい。小姓組斎藤市ノ進の娘弥生でございまする」

右筆が名前をあげた。

「最後は曲者を通したとはいえ、一人よく支えたという。斎藤弥生にも褒美をな。五人扶持《ぶち》ほど増やしてやれ」

一人扶持とは一日玄米五合を現物支給されることである。別式女は本禄なしの十人扶持である。それからすれば大きな褒美であった。

「そのように」

奉行の判断を右筆が記録した。

「逃げた別式女と八重の居場所をしゃべった女中はいかがいたしましょう」

「放逐いたせ。実家は家格を二つ落とし、禄を半減せい」

厳格な処分を奉行が告げた。

「以上で、下屋敷騒動の一件の後始末を終える」

奉行によって終わりが宣された。

「ああ、井伏」

「はっ」

「少し話がある。残れ」

「承知いたしました」

うなずいた井伏を残し、一同が退出した。

「馬鹿なことを口にいたすな」

奉行が井伏を叱った。

「手の者を殺され、策を潰されたとはいえ、大月を咎めようなど、誰が考えてもおかしいことである」

「申しわけございませぬ」

井伏が詫びた。

「伊達藩のことを思ってのことゆえ、儂も黙っておるが、あまり派手なことをすると、お分家衆が口を挟んでくるぞ」

過去伊達本藩の騒動に分家が口出しして、大騒動になったことが何度もあった。

「気づきませんで」

諭された井伏が頭を下げた。

「伊達家のためという大義名分を失うな。八重に殿のお胤《たね》が宿ったならば、手出しすることを禁ずる。伊達の血筋への反抗は許さぬ」

厳しく奉行が命じた。

「はっ」

「殿のお血筋を防ぐ前に、敏次郎君を戴くことを確実にせい。できなければ、この話、伊達を救うどころか、潰しかねぬ」

「承知いたしております る」

注意された井伏が平伏した。

第五章　系譜錯乱

一

「竹千代君、ご発熱」

大奥からの報せに、奥医師が駆けつけた。

「生姜《しょうきょう》と大棗《たいそう》を合わせた煎じ薬でございまする」

奥医師が薬を調合した。

「これを二刻（約四時間）ごとに、一包を一合の水に溶かし、それが五勺《しゃく》となるまで煎じ、よく冷ましてから差しあげてくださいますよう」

「わかった」

「あとお汗をかきあそばされますゆえ、よくお身体を拭《ふ》き清められますように」

「承知しておる」

指示に竹千代付きの中臈《ちゅうろう》が首肯した。

「で、和子さまには大事ないのであろうな」

「おそらく季節の変わり目でお身体がお冷えあそばしたことによる風寒《ふうかん》ではないかと。暖かくなされ、薬を服していただければ、数日でご体調はご快復なされましょう」

問われた奥医師が答えた。

「ならばよかった」

中臈が大きく嘆息した。

将軍家の嫡男であり、徳川にとって格別な名前の竹千代を与えられた子供はすでに十二代将軍の地位を確約されている。

竹千代の世話を命じられている者も、その成長とともに重用されていく。中臈は上臈《じょうろう》へ、奥医師は典薬頭《てんやくのかみ》となるのも夢ではなかった。

夢は果たせなくとも、実家や一族が出世するのは確実なのだ。

いわば竹千代は金のなる木と同様であった。

ぎゃくに、その身になにかあれば、お付きの者は二度と浮かびあがれなかった。もし、竹千代が十二代将軍となる前に死去すれば、中臈は落髪のうえ桜田御用屋敷で死ぬまで飼い殺しにされ、実家も役職を辞するだけではすまなくなる。奥医師は役目を奪われ、放逐された。

竹千代の周囲が必死になるのも当然であった。

「……竹千代さまが、体調を崩されたそうじゃ」

同じ大奥でも、そのことを喜ぶ者がいた。

「またか。今年に入って何度目になる」

「両手の指では足りぬはず」

「お弱いの。とても武家の棟梁《とうりょう》であられる征夷《せいい》大将軍の任に耐えられまい」

「そうじゃ。対して敏次郎君はお元気であられる」

「乳母どののお乳だけではたらず、もう一人お呼びになられたそうじゃ」

「体軀《たいく》も大きくあらせられ、お風邪一つお召しにならぬ」

敏次郎君付きの大奥女中たちであった。

竹千代と敏次郎は母親が違った。竹千代の母が、家斉最初の側室であるご内証の方、敏次郎の母はお楽の方である。竹千代の生まれが寛政四年（一七九二）七月十三日、敏次郎は寛政五年五月十四日と、十カ月ほどしか離れていない。

それぞれの側室についていた大奥女中たちは、なにかにつけて反目し合っていた。

反目しているのは大奥だけではなかった。

それぞれの引目となった幕臣たちも、互いの将来をかけて相手の足を引っ張り合っていた。

「上様、またもや竹千代さまが、お熱を発しなされたそうでございまする」

若年寄加納遠江守が、政務言上の最後に付け加えた。

「うむ。先ほど奥より報せて参りおった」

将軍家お休息の間上段で、家斉が首肯した。

「竹千代さまは蒲柳のお質。お身体のためにも、大奥を出られ、どこかにお館《やかた》を賜り、ご静養なされてはいかがかと」

加納遠江守が提案した。

「館を与えるのか」

家斉が繰り返した。

館を与えるとは別家させることを意味した。吉宗が御三卿である田安《たやす》と一橋を立てたように、竹千代を主とするあらたな卿を作ってはどうかと加納遠江守が述べたのである。ただ、これは江戸城を出ることにもつながり、竹千代は嫡子としての資格を失う。

「はい。そうなれば、大奥のように一々なにかあってから呼ぶようなまねをせずとも、絶えずお側に奥医師を侍しておけまする」

大奥は男子禁制である。例外として医師と下働きの出入りは認められていたが、さすがに常駐はしていなかった。

竹千代の病気でも、お付きの中臈からお広敷へ要望が出されてからでなければ、奥医師を送ることはできなかった。

「失礼ながら、竹千代さまはまだお小さい。わずかなことがお命にかかわりかねませぬ」

「ふむ」

加納遠江守の言葉に、家斉がうなった。

「命のためとあらば、考えねばなるまいな」

「畏れ入りまする」

頭を下げながら、加納遠江守が小さく笑った。

「考えておこう。遠江、そなたが竹千代のことを考えてくれておること、躬はうれしく思うぞ」

「かたじけなきご諚《じょう》」

家斉のねぎらいに、加納遠江守が平伏した。

加納遠江守が出て行くのと入れ替わるようにお休息の間へ老中松平和泉守が伺候した。

「上様にはご機嫌うるわしく、和泉守恐悦至極に存じまする」

「子が病に伏せっておるのだ。機嫌がよいはずもなかろう」

型にはまった追従に、家斉が眉をひそめた。

「病に……はて、どのお方でございましょう」

松平和泉守がわざとらしく首をかしげた。

「御用部屋は聞いておらぬのか。竹千代が今朝より熱を出したと……」

「はて、竹千代さまのお熱はすでに下がったはずでございまするが」

怒る家斉を松平和泉守が遮った。

「……なんじゃと」

家斉が驚いた。

「はて、上様にお報せは参っておりませぬか。先ほど奥より、竹千代さまご快癒との報告が御用部屋にございました」

「まことか」

「はい」

強く松平和泉守がうなずいた。

「朝方より竹千代さまが些少な発熱をなされたことは確かでございまする。子供にはよくあること。庶民の子ならば、放置するていどのものでございまするが、なにぶんにも竹千代さまは十二代さまをお継ぎになる尊いお身体。大奥の女中どもが大事をとって奥医師を呼んだのは当然。奥医師の投薬を受けられ、竹千代さまのお熱は下がり、今はお寝《や》すみになられておられるそうでございまする」

「そうか。それならば、安心じゃ」

安堵の表情を、家斉が浮かべた。

「上様」

「なんじゃ、和泉」

「いかがでございましょうや。竹千代さまを西の丸へお移しなされては」

松平和泉守が勧めた。

「西の丸へか」

言われた家斉が問い直した。

西の丸とは、将軍家の跡継ぎ、あるいは、前将軍家が住むところである。西の丸に入るということは、竹千代が十二代将軍であるとの宣言となった。

「早すぎるのではないか」

家斉が躊躇《ちゅうちょ》した。

西の丸へ嫡子が移るのは、過去家綱が八歳でおこなった一例だけであった。三代将軍家光、七代将軍家継《いえつぐ》、十代将軍家治《いえはる》は、西の丸で生まれているため、前例とならなかった。その他の将軍は皆養子で、西の丸の経験がなかったり、嫡子となったときすでに成人であったため、これも慣例とは言えなかった。

「要らぬ風評を防ぐためにも、ご決断を」

松平和泉守が迫った。

要らぬ風評とは、身体の弱い竹千代ではなく、丈夫な敏次郎こそ十二代将軍にふさわしいというものである。

「……考えておこう」

その場での返答を家斉が避けた。

「跡継ぎが定まっておりませぬと、次代を巡ってなにかと動き回る者が出て参りまする。長幼の順を守ればこそ、世は秩序の安定を知り、泰平となりまする。神君家康公が、三代将軍に家光さまを選ばれた故事をお忘れになられませぬよう」

そう告げて松平和泉守が去っていった。

「まったく……」

若年寄と老中の面会を終えた家斉が小さく笑った。

「躬を舐めておるな」

「愚か者でございまする」

後ろに控えていた林出羽守が言った。

「あのような輩に執政を任せておいてよいのかと思うぞ」

小さく家斉が息を漏らした。

「躬が竹千代の状態を知っておると気づいてもおらぬ」

家斉ほど大奥に通った将軍はいなかった。

春日局が大奥を作って以来、どの将軍も大奥とは距離を置いてきた。なかでも紀州家から養子に入った吉宗は、大奥の勢力を削ぐことに力を入れ、千人をこえていた奥女中の半数近くを放逐した。そんななか、九歳で一橋家から十代将軍家治の養子となった家斉は違った。足繁く大奥へ通い、多くの女と情を交わした。今や大奥は家斉のものとなっていた。

その大奥で起こったことは、すべて家斉のもとへ送られている。

今朝というより昨夜遅くから竹千代が熱を出していたことも、今現在は薬のおかげで小康状態になっているが、まだ本復にはほど遠いことも、家斉は把握していた。

「あのような者も遣いようがございますれば」

林出羽守が慰めた。

「ほう。どんな使い道があるのだ」

家斉が問うた。

「いつでも切り捨てて惜しくはございますまい」

冷たい声で林出羽守が告げた。

「……なるほどな。あのていどの者でよければいくらでも代わりはいる。失政の責任を取らせる生《い》け贄《にえ》にちょうどよいか」

満足そうに家斉が述べた。

「出羽よ」

「はっ」

呼びかけられた林出羽守が家斉の側へ近づいた。小姓たちがすっと離れ、お休息の間の周囲を警戒した。

すでに小姓組は林出羽守の手中であった。意に沿わぬ者は、家斉の権威をもって失職あるいは左遷させ、林出羽守の指示に従う者をあらたに任じた。小姓組は、林出羽守の配下同様であった。

「仙台から敏次郎を欲しいと申してきた話はどうなった」

「矢のような催促でございまする」

林出羽守が答えた。

「陸奥守の体調が思わしくないらしいの」

「お庭番でございまするか。さすがでございますな」

家斉が知っていることに林出羽守が感心した。

「それくらいにしか役に立たぬからな」

あっさりと家斉が述べた。

お庭番は吉宗が江戸城へ入るとき、信頼できる腹心として連れてきた紀州藩の軽輩である。吉宗は連れてきた配下を表向き江戸城内の庭を掃除する役目につけ、そのじつ隠密《おんみつ》として使った。

「出羽はどう思うのだ。伊達に敏次郎をくれてやるべきだと考えておるのか」

「今はいいえでございまする」

「……今はということは、昔はそう思っていたのだな」

「はい」

家斉の確認に、林出羽守がうなずいた。

「竹千代さまがお世継ぎとして在られれば、敏次郎君は江戸城にとって不要なお方」

「はっきり申すの」

さすがに家斉が苦笑した。

「ご無礼は承知で申しあげておりまする」

「よい。気にせず続けよよ」

臆《おく》さない林出羽守へ、家斉が言った。

「しかし、竹千代さまは、大統をお継ぎになるには、お弱すぎまする」

「…………」

無言で家斉が先を促した。

「四代将軍家綱さまの轍《てつ》を踏むのは避けねばなりませぬ」

林出羽守のいう轍とは、四代将軍となった家綱が弱かったため、大老酒井雅楽頭《うたのかみ》忠清《ただきよ》の専横を許したことである。下馬将軍とまでいわれた酒井雅楽頭が、幕政をほしいままにし、家綱は飾りものとなった。

徳川将軍家の威信失墜の始まりであった。

「竹千代を世継ぎにすれば、松平和泉守が第二の酒井雅楽頭になるというわけか」

「ご明察でございまする」

家斉の言葉に林出羽守が頭を下げた。

「では、敏次郎を十二代とし、竹千代を伊達にくれてやるか」

「おそれながら、それはよろしくないかと存じまする」

「なぜじゃ」

案を否定された家斉が、問うた。

「まず、上様の兄君が大名ではつごうが悪すぎまする」

「そうか。越前松平は、二代将軍秀忠公の兄、秀康どのを祖としておるぞ」

家斉が告げた。

御三家でさえないが、越前松平はご一門として、格別の扱いを受けていた。

「ご分家でございますればこそ、許されておるのでございまする。いかにご兄弟とはいえ、外様大名では、話が違って参りましょう」

林出羽守が首を振った。

「公式な行事ならば問題ございませぬ。上様より格上となるのは、天皇家のみでございまするゆえ。しかし、徳川家の私《わたくし》となれば、話が変わりまする」

「私……」

「はい。ご無礼を承知で申しあげまする。たとえば、上様がご逝去なされたあとのご法要の席をお考えくださいませ」

「己の死んだあとのことまで考えろと言うか。手厳しい奴め」

笑いながら家斉が言った。

「なるほどの。将軍としての葬儀ではなく、徳川としての年忌か。となれば、長幼が席順を決めることになるな」

「はい。外様大名の伊達が将軍より上座にある。それはどのようなことがあっても許されませぬ」

強く林出羽守が否定した。

「では、竹千代は分家させるしかないか」

「はい。御三卿の上に立つ格別なお家柄として遇されるのがよろしかろうと存じまする」

「そして敏次郎を世継ぎにする。となれば、伊達にやる男子がおらなくなるな」

家斉が述べた。

「お作りになればよろしいのでございまする」

林出羽守があっさりと口にした。

「側室に産ませるか」

「はい。できれば……」

一度林出羽守が言葉を切った。

「お一人ではなく、十人でも二十人でも、お血筋さまをお作りいただきたく」

「全部外様大名たちの家へ押しつける気だな」

聞いた家斉があきれた。

「はい。薩摩の島津、長州の毛利、加賀の前田、佐賀の鍋島《なべしま》、熊本の細川、福岡の黒田、安芸《あき》の浅野。これらすべての当主が上様の和子さまによって占められる」

「ふうむ」

家斉がうなった。

「ある意味での天下統一でございまする」

「……たしかに」

「十一人の男子をお持ちであった家康さまが、成しえられなかった偉業でございまする。それを上様はおできになるやも知れませぬ」

林出羽守が宣した。

「家康さまは、和子さまを分家とされた」

「であるな」

「ですが、それはおまちがいでございまする」

「ほう……よくぞ言う」

幕府にとって初代将軍家康は神であった。その神のしたことをまちがいだと言ってのける林出羽守へ、家斉が感嘆した。

「わたくしは上様の臣でございまする。他に仕えるお方を持ちませぬ」

家康より家斉こそ大事と林出羽守が告げた。

「かわいいことを申す」

かつて寵愛した家臣へ、家斉がほほえんだ。

「話を戻しますれば、家康さまは一人に将軍職を継がせ、残りのお方を外様大大名の養子として押しつければよかったのでございまする。さすれば、本家である将軍家の所領を削ってまで分家を作らずとも、各地に一門ができた」

「おもしろい考えだが、それは子供たちを人質にやるのも同じぞ」

家斉が指摘した。

「人質、けっこうでございましょう。もしなにかあれば、それこそその大名を討つ大義名分となりまする。分家を作らず勢力を維持した徳川家に刃向かうだけの力を持つ大名がはたしてございましょうや」

林出羽守がうそぶいた。

「なにより和子さまは次の当主なのでございまする。世継ぎと正室は江戸に置かねばならぬ。武家諸法度でこう定めているかぎり、人質などにできようはずもございませぬ」

「たしかにそうじゃが、吾が子を道具のように扱うのは、どうかと思うぞ」

「なにを仰せられまするか。本家あっての分家。親あっての子供なのでございまする。かつて家康さまも、御長男信康さまを切り捨てられました。徳川の家を守るために。足手まといと吾が子を捨てておりまする。親が死せば、子もまた生きられぬ。それが乱世のならいでございまする」

「怖い男よな」

はっきり言う林出羽守に家斉が肩をすくめた。

「まあ、よい。今は乱世ではないが、そなたの言うことも理にかなっておる。よかろう。竹千代を城から出し、敏次郎を世継ぎとしよう」

「ご英断、感服つかまつりました」

林出羽守が頭をさげた。

「ただし、今ではない」

家斉が首を振った。

「男子が竹千代と敏次郎しかおらぬのだ。今それを言えば、伊達は困惑しよう。もらえる相手がなくなるのだからな。もう一人男子ができたとき、その者を伊達にくれてやる。そうしておかぬと、伊達から頼まれたそなたの顔が潰れよう」

「畏れ入りまする」

「どれ、そろそろ大奥へ入るとするか。側室のもとへかよい、さっさと子を作らねばならぬ。幕府百年の安泰のためにの。……辛い役目じゃ。楽しみで女を抱けぬのだからな」

平伏する寵臣を見下ろしながら、家斉が立ちあがった。

その直後の寛政五年六月二十四日、十一代将軍家斉の嫡男竹千代が死去した。繰りあがるようにして敏次郎が嫡男となり、伊達家養子の話は潰えた。

二

家斉が大奥へ入ってしまえば、小姓のすることはなくなった。

「宿直《とのい》番を残し、下城してよい」

小姓組頭の指示で、林出羽守も下城した。

「伊達へ使いを出せ」

大手門を出たところで、家臣たちの出迎えを受けた林出羽守が命じた。

屋敷へ戻った林出羽守を追うようにして、伊達家若年寄井伏が訪れた。

「呼び立ててすまぬな」

「とんでもございませぬ。出羽守さまのお呼びとあれば、いつなりとても参ります」

詫びる林出羽守へ井伏が首を振った。

「本日はなにか」

井伏が呼び出しの理由を訊いた。

「まあ、茶が来るまでは待て」

急《せ》くなと林出羽守が言った。

茶が来るまで二人は無言であった。

「陸奥守どののご体調がよろしくないと聞いた」

家臣の用意した茶で喉を湿らせた林出羽守が口を開いた。

斉村は二度目の国入りを終えて、江戸へ戻ってきていたが、旅の疲れからふたたび体調を崩していた。

「それは……」

厳重な箝口令《かんこう》が敷かれているにもかかわらず、外へ漏れたことに対して、井伏が驚愕した。

「人の口に戸は立てられぬ」

「畏れ入りましてございまする」

井伏が平伏した。

「大事ないのか。若君さまをご養子としてお迎えする前に陸奥守どのが亡くなられては、ちとつごうが悪かろう」

「ご懸念にはおよびませぬ。陸奥守の体調は回復しております。大事を取って上屋敷で静養いたしてはおりまするが」

あわてて井伏が否定した。

「ならばよい。上様も伊達のためと大奥へおかよいなされ、お励みくださっておられるが、なかなかにうまくいかぬ」

敏次郎のあとに生まれた男子は、出産直後に死亡していた。

「お心にただただ感謝するのみでございまする」

井伏が深く頭をさげた。

「それとな。尾張が上様のお血筋をいただきたいと申してきた」

「尾張さまがでございますか」

御三家筆頭尾張六十一万九千石が相手となれば、伊達家に勝ち目はなかった。

「お歌の方さまのお腹におられるのが、若君であれば尾張に出すこととなった」

「そんな……」

泣きそうな顔を井伏がした。

「代わりにお万の方さまのお産みになるお子さまが男子であられた場合、かならず伊達の養子としてくれる」

林出羽守が告げた。

「お生まれになられるのは……」

「奥医師の話では、来年の夏ごろの予定である」

「来年の夏……」

井伏が重い声で繰り返した。

「不満か」

「とんでもございませぬ」

大きく井伏が首を振った。

「ついては一つ気になることがある」

じっと林出羽守が井伏を見た。

「陸奥守どのには、ご執心の側室があるそうだな」

「……………」

井伏が沈黙した。

「まさかと思うが、子を作ろうとしておるのではなかろうな」

「そ、そのような……」

否定する井伏が汗をかいていた。

「男が女に精を放てば、子ができる。これは世の摂理である。そうやって、余もおぬしも生まれてきたのだ」

「………」

しきりに井伏が汗を拭いた。

「伊達の血を残すなと申しておるのではないぞ。そこをまちがうな」

「わ、わかっておりまする」

「男子さえできねばよい。いや、男子ができてもよい。すぐに分家へ養子へ出せばいいのだ。世継ぎさえおらねばいい」

「か、寛大なお心に、感謝いたしまする。伊達の跡継ぎは、上様のお血筋さまだけと承知いたしております」

井伏が必死になった。

「ならばよいが、若君さまを仙台へご養子に出すことは、上様のご内意も得ておる。今さらなかったことにはできぬぞ。そのような羽目となれば、伊達は御上からの援助をご当代さまの治世の間受けられぬと思え」

冷たく林出羽守が言った。

「重々心に刻みおきまする」

「ふむ。ご苦労であった。帰ってよい」

林出羽守が手を振った。

「では、ごめんくださいませ」

伊達家で若年寄として権を振るっている井伏といえども、陪臣でしかない。吾が子に近い歳の林出羽守の扱いを唯々諾々として受けるしかなかった。

「一枚岩ではないと知ってはいたが、二年近く経っても、未だ押さえきれておらぬとはの。あの者もたいした男ではないな」

一人残った林出羽守が嘆息した。

「伊達が生き残るには、上様の若君を跡継ぎに据えるしかない。そうして幕府の援助を引き出す。これしかないのは確かであり、よくぞ気づいたと褒めてやってもよい。だが、幕府は別に伊達でなくともよいのだ。島津でも毛利でも変わらぬのだ。それこそ上杉などは、若君を養子とする代わりに旧禄である三十万石へ戻してやるといえば、泣いて喜ぶであろう。それが、あの者にはわかっておらぬ。覚悟が甘い」

林出羽守が独りごちた。

「最後通告であり、背中を押してやったのだと気づくくらいの器量は見せてもらわねば、上様の若君を託す藩の舵《かじ》取りなどさせられぬわ」

冷えきったお茶を林出羽守が飲み干した。

下屋敷での騒動で罰せられた者は十名をこえた。

襲撃した五人の徒組は絶家となった。さらに逃げ出した別式女と八重の居場所を教えた奥女中は放逐、それぞれ実家は足軽へ降格、他に下屋敷を統轄していた用人、徒組の上役であった組頭、もとの上役であった木挽町下屋敷当時の組頭らが、謹慎閉門を言い渡された。

対して褒賞を受けたのは三人であった。

大月新左衛門は五十石の加増を、別式女斎藤弥生は五人扶持加増のうえ、下屋敷奥使い番上席へ出世し、八重を最後までかばった宇治も中臈格へとあがっていた。

「八重を上屋敷へ」

すべての片がついてからことの次第を報された斉村の命で、下屋敷から八重は上屋敷へと移された。

「殿のご体調は回復されたとはいえ、まだ本調子ではあられぬ。よって、お目通りはかなわぬ」

「はい」

上屋敷へ着いた八重を玄蕃が出迎えた。

「今日より、上屋敷の奥へ入るのだ。ご正室さまへご挨拶を」

「わかりましてございまする」

八重がうなずいた。

下屋敷と違い、上屋敷では表と奥の区別は厳格である。

玄蕃の付き添いは許されなかった。

「宇治……」

豪華な装飾が施された上屋敷奥の廊下を歩きながら、八重が心細そうな声を出した。

「ご案じなされまするな。わたくしがついておりまする」

宇治が力づけた。

「ご正室さまにお目通りを願いまする」

正室鷹司興姫に与えられた局の手前で、八重と宇治は立ち止まり、取次を求めた。

「そなたは」

正室付きの中臈が、問うた。

「八重でございまする」

「……八重。そういえば下屋敷に卑しき出の者がおると。その名前が八重であったな」

中臈が冷たい目で八重を見た。

「本日より、この上屋敷へ参りましたゆえ、ご正室さまにご挨拶をと」

「上屋敷へ……身の程を知らぬ。これだから出の低い者は……」

「お口が過ぎましょう」

中臈の言葉を宇治が遮った。

「なにっ」

さっと中臈の顔色が変わった。

「八重さまを上屋敷へと命じられたのは殿でございまする。貴殿は、殿のご諚にご不満だと言われるのでございますな」

人の死を目の当たりにした宇治は強くなっていた。

「そなたは何者じゃ」

「八重さま付きの宇治でございまする」

「卑しき者に付いておる者も礼儀を知らぬと見える」

中臈が嫌みを口にした。

「さようでございますか。訪れた来客の用件も取り次げないような役に立たぬ者よりはましだと存じますが」

「ぶ、無礼な」

嫌みを返された中臈が怒った。

「八重さま。戻りましょう。取り次いでもらえなかったとご用人さまへ申しあげ、殿へお話を」

　宇治が八重を促した。

「ま、待て」

　中臈があわてた。

「ご正室さまのごつごうを伺って参る。ここで待て」

　背を向けて中臈が局へと入っていった。

「よいのですか」

　最初からけんか腰の宇治に、八重が心配そうな顔をした。

「奥というのは女ばかりでございまする。男の目がない女がどうなるか。権にこだわるか、金を求めるか、衣装に耽溺するか。とくにあのようなご正室さまの威を借りる者は、最初の対応をまちがえれば、どこまでもつけこんで参りまする」

「ですが……宇治の身になにかあれば、わたくしは誰を頼ればよろしいのです」

　八重が諫《いさ》めた。

「殿がおられまする。八重さまは殿のご寵姫なのでございまする」

「でも、殿はご体調が優れず、お目にさえかかれませぬ」

あれほどの寵愛を向けた斉村だったが、体調をくずしてからは八重のもとへ顔を出さなくなっていた。

心細いと八重が肩をすくめた。

「使いをお出しになればよろしいのでございまする。ご用人さまでも大月さまでも、かならず殿のもとへ届けてくださいまする。あの方たちも八重さまのお味方でございまする」

「そう、そうでありました」

宇治の話にようやく八重が愁眉《しゅうび》を開いた。

「しかし、遅うございまするな」

中臈の消えていった襖へ宇治が目をやった。

「ほんに」

八重も同意した。

「待つしかございませぬな。今度はご正室さまが相手。遅いからと勝手に帰ったりすれば、あとでどのようなしっぺ返しをされるかわかりませぬ」

宇治が述べた。

「わかっておりまする。上屋敷の奥、その主はご正室さま」

寵姫といえども、使用人でしかない。対して正室は主君と同じなのだ。

「ご正室さまがお目通りを許された」

先ほどの中臈が戻ってきたのは、それから一刻（約二時間）以上経ってからであった。

「参りますよ、宇治」

「はい」

「待て。従者はそこで控えてぃよ」

立ちあがろうとした宇治を、中臈が制した。

「目見え以上でなくば、ご正室さまのお顔を拝見することは許されぬ」

勝ち誇ったように中臈が述べた。

「おかしなことを仰せになる。では、お湯殿の係、お厠《かわや》の係はどうなるのでございましょう」

わざと宇治が訊いた。

正室ともなると己で何一つすることはなかった。風呂に入って身体を洗うのも、厠で後始末をするのも女中の仕事であった。

「…………」

中臈が沈黙した。

「ご案じなさらずとも、わたくしは中臈格のご身分をいただいておりまする」

宇治がほほえんだ。

中臈は、目見え以上の身分であった。

「付いて参れ」

苦い顔で、中臈が許した。

「ご正室さまにはご機嫌うるわしく」

局の下段の間中央で、八重が平伏した。

「だれか」

上段の間奥で子供のような娘が問うた。斉村の正室興姫であった。ようやく月のものを見たばかりの興姫は、まだ幼かった。

「陸奥守さま付きの中臈八重でございまする」

先ほどの中臈が説明した。

「であるか」

感情のない声で、興姫が応えた。

「お目通りは終わった。下がりますよう」

中臈が二人を追い出した。

「では、これにて」

局を出た八重と宇治を中臈が呼び止めた。

「待ちやれ」

「まだなにか」

宇治が厳しい顔をした。

「心得違いをいたしておるようじゃから、教えてつかわす。伊達家の跡取りを産まれるのはご正室さまじゃ。おのれのような下賤《げせん》の者の血が入った者など不要なのじゃ。たとえ、そなたが男子を産んだところで、世継ぎさまになれはせぬ。生まれたところで水にされるだけじゃ。殿のご寵愛をよいことに勘違いなどするではないぞ」

言い捨てると返事も聞かず、中臈が局のなかへと消えていった。

「……なにを」

「お気になさいまするな」

呆然とする八重へ宇治が言った。

「たしかに、ご正室さまが男子をお産みになれば、そのお方の上に何人兄がおられようとも世継ぎになられるのはたしかでございまする。ではございまするが、あのご正室さまのお身体で子供ができるとは思えませぬ」

宇治が首を振った。

「失礼ながら、もし、ご懐妊なされたとして、ご出産は難しゅうございましょう」

「しかし……」

八重が小さな声を出した。

「わたくしは男子を産むために伊達へ参ったはず」

気晴らしとされる商家と違い、武家の場合は跡継ぎをもうけることが妾の仕事であった。

「なのに生まれたところで水にされるなど……」

震える身体を押さえるように八重が己の肩を抱いた。

「そのようなことさせませぬ。さあ、お局へ戻りましょう。たしかこちらであったはず」

宇治が八重の手を引いて歩き出した。

三

参勤交代の疲れから立ち直った斉村が、奥へ入ったのは二カ月ほどしてからであった。

「八重を」

愛妾を呼ぼうとした斉村は、大奥を取り仕切る上臈に遮られた。

「ご正室さまのもとへお見えくださいますように」

「なぜじゃ」

「殿がご体調を崩される前の予定でございまする。奥のしきたりは殿といえどもお守りいただかねばなりませぬ。伊達家のご正室として、和子さまをお産みいただかねばなりませぬ」

不機嫌になった斉村など気にもせず、上臈が言った。

「わかっておる。だが、今宵くらいはよいであろう」

「いいえ、よろしくございませぬ。月の印を見られたとはいえ、まだ落ち着いてはおられませぬ。いつ障りが始まり、終わるかがわからぬのでございまする。今は、ご正室さまのご体調にお合わせいただきまする」

上臈が首を振った。

「一夜もか」

「はい」

淡々と上臈がうなずいた。

「ご正室さまのご機嫌を損ねられまするると、殿の奥入りをご遠慮いただくことにもなりかねませぬ」

「なんだと。余は伊達の当主ぞ」

斉村が怒った。

「奥の主はご正室さまでございまする」

はっきりと上臈が言いきった。

「おのれ……」

「鷹司家へご正室さまをお帰しなさいますか」

上臈が述べた。

「………」

できることではなかった。すでに実権を失った朝廷ではあったが、形式は握っていた。五摂家の鷹司家との関係をこじらせれば、伊達家の任官に支障が出た。

大名たちが名乗っている越前守や内匠頭《たくみのかみ》などは、朝廷の除目《じもく》とはかかわりのない名前だけの官名であった。各大名家から幕府へ「当家代々の名乗り陸奥守を賜りたく」といった風に願いをあげる。それをとりまとめて幕府が朝廷へ送り、許可を受けるのだ。基本として、朝廷は任官を拒否しないが、慣例でしかなかった。

朝廷が支障を言いだせば、拒否できたのだ。

関白、太政大臣、摂政を独占する五摂家は朝廷で重きをなしている。その一つの鷹司家と仲違《なかたが》いすれば、伊達家の任官に苦情を申し立てられないとはかぎらなかった。

それこそ、任官申請した大名のなかで斉村だけが拒否されれば、面目失墜は避けられない。江戸城で斉村が嘲笑されるだけならまだしも、一門の大名まで片身の狭い思いをすることとなった。

「ご正室さまがお待ちでございまする」

上臈が止めを刺した。

その夜から四日、斉村は正室の局で過ごした。


八重付きである大月新左衛門もまた上屋敷へと移らされていた。

「居場所がない」

新左衛門は長屋で待機する日々に倦《う》んでいた。

下屋敷の奥には八重しかいなかった。いわば、下屋敷の奥の主は八重であった。

そのおかげで、八重付きの新左衛門にも奥近くに控え室が与えられたが、上屋敷は違った。上屋敷の奥、その主は正室であり、その警固役が表と奥の境界を守っていた。

「貴殿の詰め所はここではない」

初めて上屋敷へ来た日、奥近くの詰め所に入ろうとした新左衛門は、こう拒否された。

「いかがいたしましょう」

新左衛門を八重付きにした坂玄蕃へ問うたが、玄蕃も明確な指示が出せなかった。

「お召しがあるまで、長屋で控えておれ」

こうして新左衛門は、一日を長屋で過ごすしかなくなった。

「うまく分断できたな」

井伏が笑った。

「あやつさえ側におらねば、八重を片付けるは簡単である」

「念を押したほうがよろしいのでは」

勘定奉行高蔵が危惧を呈した。

「長屋に閉じこめてあるとはいえ、奥まではそう離れておりませぬ。また、奥の警固をしておる江戸番馬上どものうち半数は、我らの仲間ではなく、敵対するやも知れませぬ」

「我らの仲間だけの当番日を作れぬか」

「無理でございまする。数が足りませぬ」

高蔵が首を振った。

「では、仲間を増やせば……」

「できませぬ」

「なぜじゃ。利と理《ことわり》をもって誘えば……」

「先日の下屋敷の一件で、我らの仲間内にも動揺が拡がっておりまする」

下屋敷を襲った五人の家が藩より放逐されたことが、井伏の権威を大きく落としていた。

「将軍家より若君さまをお迎えしたあかつきには、復帰させると申しておるではないか」

顔を赤くして井伏が怒鳴った。

「人というのは、先のことより、今を見るものでございまする」

「ではどうしろというのだ」

井伏がわめいた。

「殿のおられる上屋敷での失敗は許されませぬ」

下屋敷のことゆえ、実際の被害を過小に告げることができ、斉村をごまかせた。

しかし、上屋敷となれば、斉村も見るのだ。

「外で八重を片付けましょう。藩邸の外ならば、いかようにでもごまかせまする。八重を当藩とかかわりのない者とともできましょう。町奉行を黙らせるくらいのこと、林出羽守さまにお願いすれば容易でございましょう。千両のお金のうちとして多少は動いていただきませぬと」

勘定奉行らしい考えを高蔵が述べた。

「外か。ふむ」

井伏が思案した。

「金で人を雇えばいい」

「お待ちくださいませ。そのような金、ございませぬ。出羽守さまへお渡しした千両のやりくりで、もう一両も藩庫に使途不明にできる金はありませぬ」

あわてて高蔵が拒否した。

「藩士を使うことはできぬぞ。覚えておろう、最初の二人を」

苦い顔を井伏が見せた。

最初の二人とは、八重が斉村へ目通りをするためにやってくるのを邪魔するために派遣された藩士で、警固に付いていた新左衛門によって倒された。

「あの後始末にどれだけ手間がかかったと思う」

七千五百人以上もいる伊達藩でも、藩士二人の行方は重大事であった。

「失踪《しっそう》として片付けたが、場所が場所だけに二人の顔見知りもいた。それを黙らせるのに金をかなり遣ったはずじゃ」

「……それはそうでございますが」

高蔵も頰をゆがめた。

「それに、大月の腕は群を抜いておる。これ以上我らに賛同してくれた者を失うわけにはいかぬ」

井伏が告げた。

今井伏の指示に従っている者は、将来も配下として使える手駒《てごま》であった。無事に将軍の若君さまを伊達の当主として、己が実権を握ったところで、支えてくれる者がいなければ、砂上の楼閣でしかなくなる。いずれ若年寄から出世を重ね、家格をあげて奉行になることを夢見ている井伏にとって、信頼できる配下は得難いものであった。

「それはわかりまするが、しかし、先立つものが」

理屈はわかってもないものはないと高蔵が首を振った。

「浪人者ならば、一人二両もあれば雇えよう。十人雇ったとして二十両。それくらいならばなんとかなるであろうが」

「二十両などとても。出せて十五両がよいところで」

高蔵が折れた。

「十五両か。なんとか八人は雇えるな」

「一人二両ならば七人でございましょう」

「いきなり全額渡すわけもない。相手は無頼者ぞ。金だけ取って逃げるであろう。最初に一両、残りは仕留めてからにすれば」

「最初に要るのは八両だけと」

聞いた高蔵が納得した。

「それでも足りませぬが」

「あの大月相手だ。八人でかかっても生き残るのは半分もおるまい。死人には後金の支払いをせずともすむであろう」

「…………」

高蔵が絶句した。

「儂は八重を実家《さと》帰りさせるようにしむける。浪人の手配は任せた」

井伏が押しつけた。

「若年寄さまは……」

他人に仕事を押しつけてとの不満を口調にのせて高蔵が問うた。

「立花と話をつけてくる」

「……内記さまと」

高蔵が驚愕した。今回の妾のことでもそうだが、同じ若年寄の座にある井伏と立花はなにかにつけて反目し合っていた。

「八重を片付けたあとのことを考えねばなるまい。殿に要らぬ話を聞かされても困る」

「立花さまを黙らせるだけのものがございますのか」

「とっておきがな。先ほど国元から送られてきたわ」

にやりと井伏が笑った。

正室に月の障りが来たことで、ようやく斉村は八重のもとへ行くことができるようになった。

「今宵、参ると伝えよ」

女としての柔らかさに欠ける興姫では、満足できなかった斉村が奥へと命じた。

「畏れ入り奉りまするが、八重には体調思わしくなく、殿のご来訪を受けかねまするとの断りがございました」

奥への使者に立った小姓が返答を持ち帰った。

「なんだと」

斉村が驚愕した。

「重ならずともよいものを」

文句を言いながらも、斉村があきらめた。

しかし、いつまで経っても八重の体調は治らなかった。

「医師を向かわせよ」

業を煮やした斉村によって、八重の体調不良は気の問題であると知れた。

「慣れぬ上屋敷で疲れたのであろう。しばし静養するように」

納得した斉村が、気遣った。

数日後、井伏が斉村のもとへ顔を出した。

「殿、聞けば八重さまが気鬱《きうつ》の病だそうでございますな」

「そうなのだ。無理をするなと静養を命じているが、なかなかによくならぬ」

斉村が嘆息した。

「奥にはご正室さまがおられまするので、気の休まる暇もないのでございましょう」

「やはりか」

井伏の言葉に斉村が顔色を変えた。

「お気づきでございましたか」

「うむ。興のもとにかよっておるとき、側に付いている中臈が、さんざん八重の悪評を耳に入れてくれたゆえな」

「度し難い女でございますな」

あきれた口調で井伏が言った。

「では、おわかりでございましょう。八重さまを気鬱から解き放つには、上屋敷から出すしかございませぬ」

「また下屋敷へ戻すか」

「それがよろしいかと思いまするが……」

「余はかよえぬのだな」

「はい」

斉村の言葉に井伏が首肯した。

日常の生活に支障はなくなったとはいえ、斉村は完調ではなかった。それほど高くはないが、熱を出すことも多く、医師から外出を控えるようにと言われていた。

「それでは意味がない」

「御用に応じられぬ妾など役に立ちませぬ」

「どうすればいい」

「お暇を取らせ、新しい妾を求めるか、もしくは、しばし実家《さと》帰りを許し、気を休めてから上屋敷へ戻すか」

「新しい妾といえば、立花がそのようなことを申しておったな」

思い出したように斉村が述べた。

「内記どのが。さすが譜代の名門。伊達家のことをなによりお考えでございますな」

「伊達のことはの。余のことは二の次だがな」

斉村が苦笑した。

「わかった。八重に休みを取らせよ。ただし、暇はやらぬ。余に子作りしかさせぬならば、それでいい。その代わり、吾が子にしか跡は継がせぬ」

瞳に暗い陰を浮かべ、斉村が宣した。

「では、八重さまのこと手配させていただきまする」

斉村の顔を見ないようにと、井伏が平伏した。


実家へ帰るといったところで、まだ子も産んでいない八重は奉公人でしかない。中臈として遇されているので、駕籠と供の女中、警固の侍は付くが、少人数でしかなかった。

上屋敷の大門を駕籠でこえられるのは、主君と御台所、一門の大名だけである。八重は上屋敷の脇門を出たところで駕籠へのった。

「頼みまする」

のる前に新左衛門を認めた八重が一礼した。

「お任せを」

新左衛門は片膝を突いて応えた。

行列は、浅草を目指して動き出した。

「……手配は」

行列が動き出すのを上屋敷御殿二階から井伏が見下ろしていた。

高蔵が確認した。

「すませてありまする。でもよろしいので。山城屋に入ってから襲うなど」

「路上で襲うよりは目立つまい。とくに今の八重は先日と違い、伊達家の駕籠にのっておるのだ。ことのあと知らぬではとおるまい」

「たしかに」

「それに山城屋に入れば、女中と駕籠かきは屋敷へ戻る。残るのは八重とお付きの中臈宇治、そして大月だけ」

「的を絞るというわけでございますな」

策を聞いた高蔵がうなずいた。

「今度は失敗が許されぬ」

井伏が重い声で言った。

「ふたたび八重が襲われて生き延びたとすれば、殿はどうすると思う。殿は八重を国元へ送るであろう」

「……はい」

「国元は江戸と違う。国元の連中は、今の世がわかっていない。いつまで経っても伊達は奥州探題の家柄だと思いこんでいる。そしてなにより政宗さまの血統を尊いものとして崇《あが》めている」

「将軍家より養子に迎えるのに反対だと」

「そうだ。国元には我らの力がおよばぬ。そんなところへ八重を移されてしまえば、終わりじゃ。そしてもし八重が国元で男子を産めば……」

「………」

高蔵が井伏を見あげた。

「殿はその男子を嫡男となさるだろう。そこへ金が目的で将軍家の血筋をなどと言ってみろ。我らの命などその日になくなるわ」

「……ごくっ」

大きな音を立てて高蔵が唾《つば》を飲んだ。

「では、八重を葬り去っても意味がないのでは。お国御前さまが国元におられましょう。あのお方の腹に和子さまがおられぬとはかぎりますまい」

「お国御前はな。万一の綱よ」

「万一……」

怪訝な表情を高蔵が浮かべた。

「…………」

「まさか……」

沈黙した井伏に、高蔵が絶句した。

「竹千代君が亡くなった……十二代さまとなられるのは敏次郎君だ。そして、上様には他に男子はおられない。もし、今殿が亡くなられれば……伊達は潰れる。なんとか」

井伏が述べた。八重を実家へ帰らせると決めた日からまた斉村が体調を崩していた。

「かといって、林出羽守さまとの約定で、殿のお子が生まれるのはまずい。江戸では隠しようがない。厳重に秘している殿のご体調のことさえ知られておるのだ。八重の懐妊などすぐに見抜かれる。だが、国元ならば、なんとか隠しとおせる」

「そこまで先を……」

高蔵が感嘆した。

「当たり前だ。世継ぎがないにしろ、金がないにしろ、藩が潰れれば、明日から我らは浪人じゃ。禄を失うほど悲惨なことはない。それを防ぐためにはあらゆる手を打つべきである」

どうどうと井伏が宣した。

「では、八重殺害のあと、我らは……」

糾弾されずにすむのかと高蔵が問うた。

「安心せい。立花も了承した。もちろん、用人の坂もな」

「立花さまと坂さまが……お二人は八重を殿へお勧めしたお方たち。いわば、八重の後ろ盾、それが八重の死を見逃す……まさか」

高蔵が井伏の顔を見た。

「気づいたか。そうじゃ。お国御前さまが懐妊された」

井伏が敬称をつけた。

「これで万一にも対応できる。お国御前さまの懐妊と林出羽守さまのお申し付けを伝えたら、立花も坂も納得したわ。あやつらも馬鹿ではない。藩の重役に納まるだけの器量はあるのだ。女一人と伊達藩を天秤《てんびん》にかければどちらに傾くかくらいはわかっておった」

「…………」

政の裏を見せつけられた高蔵が絶句した。

「七千五百からの藩士のためじゃ。手は尽くした。八重、大月、死んでくれ」

遠くになった駕籠へ、井伏が手を合わせた。

四

八重の身元引受人である山城屋昼兵衛は、連絡を受けて到着を待っていた。

「……みょうな」

店の前へ迎えに出た昼兵衛は、普段はあまり見かけない浪人者の姿が多いことに戸惑った。

「嫌な感じだねえ」

昼兵衛は一度店へ引っこんだ。

「お着き」

先触れの中間が、山城屋の戸障子を開けた。

「駕籠をなかへ」

戸障子が外され、駕籠が店のなかへと入れられた。

「お世話になりまする」

駕籠の戸が開かれ、八重が出てきた。

「ようこそお帰りを」

膝を突いて昼兵衛が迎えた。

「世話になる」

続いて新左衛門も頭を下げた。

「どうぞ、お気兼ねなく。まずは、奥へ」

昼兵衛が八重と宇治を奥へ案内した。

「お二人にお茶をな」

店の女中へ昼兵衛が命じた。

「弟は……」

座るなり八重が問うた。

「お見えになられてからお迎えを出そうかと思っておりました」

「けっこうでございまする。弟は修業の身。姉のつごうで勉学に支障が出てはよろしくございませぬ」

八重が認めた。

「では、しばしごめんを」

昼兵衛が八重と宇治を残して出て行った。

「大月さま」

店へ戻った昼兵衛が新左衛門へ声をかけた。すでに駕籠と女中はいなくなっていた。

「どうかしたか」

昼兵衛の顔が緊張していることに新左衛門は気づいた。

「外の様子が……」

「……………」

無言で新左衛門は、戸障子へ近づき、少しだけ開けて外の様子をうかがった。

「四、いや六人か」

すばやく新左衛門が数えた。

「襲われる覚えは」

「まったくないか、ありすぎるか、どちらかでございますな」

「いつからだ」

「気づいたのは、八重さまが来られる少し前で」

問われた昼兵衛が答えた。

「八重さまだな」

新左衛門が断じた。

「でなければ、身分ありげな駕籠が入ったのだ。山城屋、おぬしへの恨みならば、あきらめて出直すのが普通。でなく、いっそうの殺気を向けてくるとならば、他にはあるまい」

「はい。しかし、伊達さまもしつこいことで。もう八重さまが側室となられてから一年半になるのでございますよ」

「殿のご体調が優れぬ。今回のことはそこらに根っこがありそうだ」

「跡継ぎができてはつごうが悪いとでも」

「上のほうのお方が考えることなど、わからぬわ」

怒りをこめて新左衛門が首を振った。

「ならば最初から妾など買われなければいいものを」

昼兵衛も憤慨した。

「店の者で戦えるのは……」

「おりませんな。わたくしを含めて薪より重いものは持ったことのない者ばかりで」

訊かれた昼兵衛が告げた。

「八重さまと宇治どのを逃がすことはできぬか」

「裏口も見張られておりましょう」

伊達家の手ならば抜かりはあるまいと昼兵衛が首を振った。

「ならば、せめて見つかりにくいところに、隠れていただく」

「それならば、隠し部屋がございまする」

昼兵衛が言った。

「こういう商いをしておりまするると、奉公の期間を終え、関係を絶ったにもかかわらず、女のあとを追ってくる迷惑なお方が出てこられることもございまして。そのお客から女を隠すための部屋がございまする」

「急ぎ、そこへ二人を」

「はい」

新左衛門に言われて昼兵衛が動いた。

しばらくして昼兵衛が戻ってきた。

「女中を付けて、隠し部屋へ」

「ごくろうだった」

羽織を脱ぎながら、新左衛門がねぎらった。

「おぬしも隠れていていいのだぞ」

「ご冗談を」

昼兵衛が笑った。

「これでも山城屋の主でございまする。八重さまの親元代わり。娘が殺されようとしているとき、一緒に震えていては父親役などできませぬ」

いつのまにか、昼兵衛の手には長脇差が握られていた。

「使い慣れているのか」

「まったく」

あっさりと昼兵衛は否定した。

「ならば、短いものに変えろ。家のなかだ。長いと柱や床にひっかける。あと、拙者の二間（約三・六メートル）以上後ろにな。決して前へ出るな。拙者が倒した奴の止めを頼む」

「お任せを」

昼兵衛が手にしていた長脇差を鞘へ戻すと、土間の片隅へと投げた。

「匕首《あいくち》か。そのくらいのほうがいい。斬りつけられたら受けようとするな。匕首で太刀をさばくことはよほどの名人でも難しい。とにかく逃げろ」

「逃げるのは得意で」

新左衛門の注意に昼兵衛がうなずいた。

「出るぞ」

向こうが来る前に奇襲をかけるべきだと新左衛門は、山城屋を出ようとした。

「ちょっとお待ちを」

昼兵衛が止めた。

「外で暴れられてはことを隠すのが面倒になりまする。ここに八重さまがおられると、伊達のご家中ならば誰でもおわかりのはず。そこで騒動があったとなれば、それをいいことに八重さまをお殿さまの前から排除しようとする輩が出ましょう」

「……そこまで考えているのか」

新左衛門は苦渋の表情を浮かべた。

「店へ引き入れましょう。ここらは、ちょっと他人さまに自慢のできる商いではない連中ばかり。己からもめ事にかかわりたいと思う奴はおりませぬ。まちがえても町奉行所へ注進におよぶなんてことはありません。たとえ死人が出ても」

「死体の始末はどうする」

「古い醤油の樽《たる》にでも入れて、投げ込み寺へ捨てればすむこと。幸い、浄閑寺《じょうかんじ》はすぐそこで」

浄閑寺とは、吉原近くにある寺院である。死んだ吉原の遊女屋たちの供養を引き受けていた。

「投げ込み寺か」

「身ぐるみ剝《は》いで、大穴へ捨てれば、誰も気づきませぬよ」

投げ込み寺には、どことも大きな穴があった。そこへ死んだ遊女や身寄りのない者の死体を投げ入れ、上から浅く土をかける。死体で埋まれば、隣に新しい穴が掘られる。僧侶《そうりょ》の立ち会いも読経もなく、こうやって吉原の遊女たちは、葬られた。

「他人をゆえなく襲うような奴だ。墓穴があるだけましか」

納得した新左衛門は、土間の中央に立って脇差を鞘走らせた。

「来るぞ」

ふくれあがった殺気に、新左衛門は叫んだ。

「おうりゃあああ」

戸障子が蹴破られた。

「ふん」

吹き飛ぶ戸障子をかわした新左衛門は、前へ出た。

「こいつ」

待ち構えられていたと気づいた浪人者が、一瞬動きを止めた。

「遅い」

二度の斬り合いを経験した新左衛門は、遠慮をしなかった。脇差を小さく突き出し、浪人者の胸へ刃を滑りこませた。

「かはっ」

心臓ではなく、肺に穴を開けられた浪人者が、空気を漏らすような苦鳴をあげた。

「い、息が……」

胸を押さえて浪人者が土間へ落ちた。

「待ち伏せてやがった」

続いて押しこんできた浪人者が叫んだ。

「若松《わかまつ》、右から行け。儂は左から行く」

その奥にいた浪人者が言った。

「承知」

店に入ったところで、二人が左右に分かれた。

「目的を忘れるな、女を片付ける。それが後金の条件じゃ」

指示を出した浪人者が念を押した。

「わかっておる。拙者がこいつをやる。その間に江崎《えざき》、女を片付けてこい」

若松が述べた。

「ちっ。女殺しという嫌なものをさせる気か。しかたない。金のためじゃ」

江崎が大回りをしながら、新左衛門の後ろに回ろうとした。

「他人さまの家へ土足であがりこむのは、ちっと常識がないんじゃござんせんか」

昼兵衛があきれた。

「おまえは……」

「山城屋昼兵衛で」

「おまえがか。町人づれを殺す気はない。金のありかさえしゃべれば、命だけは助けてやる」

太刀を江崎が昼兵衛へと向けた。

「舐めたことを言っちゃいけませんねえ。商人にとって金は命でございますよ」

うっすらと昼兵衛が笑った。

「ならば死ね。お前をやってから、ゆっくりと探すさ」

江崎が昼兵衛へと太刀を振るった。

「狭い店のなかで、そんな危ないものを振り回してどうしようってんで」

昼兵衛は後ろへ下がった。

「逃げるな」

「命を取られるっていうのに、逃げない奴がいますかね」

からかいながら、昼兵衛は、さらに下がった。

「待て」

からかわれた江崎が追った。

「……馬鹿が」

冷たい目で昼兵衛は江崎を見た。

「なにっ」

「この店のなかは、全部わたくしの縄張り。その畳の下が掘りこみになっておるなど知らぬでしょうよ」

半歩踏み出した昼兵衛は畳の端を強く踏んだ。鈍い音がして何かが折れた。

「わっ」

支えていた横板を失った畳が沈んだ。江崎が大きく体勢を崩した。

「…………」

はまった江崎の首を昼兵衛が匕首で刎ねた。

「畳が汚れちまいました」

「こいつら」

仲間の死を見た若松が暴発した。間合いを無視して新左衛門へと突撃した。

「愚かな」

新左衛門は若松の太刀先をよく見て、脇差で叩いた。

「わっ」

振り出した太刀の先を揺らされ、平衡を狂わされた若松がたたらを踏んだ。

「おうやあ」

脇差の切っ先を戻すように手首を引いて、そのまま新左衛門は薙いだ。

「ぎゃっ」

肋骨《ろっこつ》を裂かれて若松が絶叫した。

「しゃあぁ」

身体の伸びきった新左衛門を隙と見た別の浪人者が横から斬りかかってきた。

「ふん」

新左衛門は、若松の襟を掴むとそちらへ向けて突き飛ばした。

「わ、危ねええ」

斬りかかってきた浪人者は、あわてて太刀を止め、若松を受け止めた。

「えっ」

若松の身体を受け止めた浪人者が、驚愕した。若松の身体について、新左衛門が突っこんできた。

「よ、よせ」

身動きのとれない浪人者が嫌がるように首を振った。

「最初に刃を向けたのは、そっちだ」

氷のような口調で告げながら、新左衛門は脇差の峰で浪人者の頭を叩いた。

「ぐえええ」

頭がへこみ、蛙《かえる》が潰されるような声を出して浪人者が意識を失った。

「馬鹿な、四人が一気に……」

残っていた二人が顔を見合わせた。

「裏口の二人を呼べ」

「あ、ああ」

言われた浪人者が懐から呼子を出して吹いた。甲高い音《ね》が響き、続いて派手な音《おと》がした。

「勝手口を破りやがったな。まったく好き放題しやがる」

昼兵衛が吐き捨てた。

「いいのか、あいつらが女を殺すぞ」

呼子を吹いた浪人者が、うそぶいた。

「その前に、お前たちを斬る」

新左衛門は、下段の脇差を振りあげながら、前へ出た。

「わっ。こいつ」

二間の間合いを奪われた浪人者が、太刀で受けようとした。

「ぬん」

脇差の峰で打ち上げ、その勢いのまま新左衛門は斬りつけた。

「ぎゃっ」

両手をあげた形になった浪人者が、肉が薄い胸の骨を傷つけられて絶叫した。

「ひっ」

もう一人の浪人者の腰が引けた。

「二、二両じゃ割があわねえ」

浪人者が背を向けて逃げ出した。

「こっちは終わったぞ」

新左衛門が振り返った。

「あっちは真っ盛りのようで」

顔をしかめながら昼兵衛が奥を指さした。

「ここにもいないぞ」

「どこへ行った」

あちこちを壊すような音と浪人者の罵声《ばせい》がしていた。

「…………」

無言で倒れている浪人者の太刀を拾った新左衛門は、奥へと入った。

「出てこい」

浪人者が叫んでいた。

「近所迷惑だ。静かにしろ」

新左衛門は浪人者をたしなめた。

「きさま……若松たちはなにをしておるのだ」

浪人者が驚愕した。

「死人はなにもできない」

「馬鹿な……六人もいたのだぞ」

返された言葉に浪人者が絶句した。

「五人だったがな。一人逃げた」

言いながら新左衛門は手にしていた太刀を投げた。

「えっ」

不意のことに対応できず、胸を貫かれた浪人者の一人が死んだ。

「大谷《おおたに》……」

残った一人が震えた。

「……」

「よせ、やめろ」

無言で近づく新左衛門に一人になった浪人者が後ずさった。

「招いてもおらぬのに、多人数で推参しておいて、今さらなにを言うか」

氷のような目つきで新左衛門が最後の浪人者を見た。

「あ、謝る。か、金も返す」

浪人者が懐から小判を一枚出して捨てた。

「だから、見逃してくれ」

無様な命乞《いのちご》いに新左衛門はあきれた。

「行け」

新左衛門は脇差の先で追い払うようにした。

「か、かたじけない」

浪人者が背中を向けて逃げていった。

脇差に付いた血を拭き取りながら、新左衛門は店へと戻った。

「お見事でございました」

倒れている浪人者の懐を探りながら昼兵衛がねぎらった。

「これも」

最後の浪人が差し出した小判を、新左衛門は昼兵衛へ渡した。

「こいつはどうも。みんな一両ずつ持ってやしたね。金で雇われたのでしょうが。ずいぶんと安い。大月さまをこのていどの連中でどうにかできると思うなど甘い」

昼兵衛が嘲笑した。

「奥で死んでいるもう一人と合わせれば六両か」

「壊された店の修繕代にはなりまする」

小判を昼兵衛が懐へしまった。

「死体を片付けねばならぬな」

「お任せくださいまし。死体の衣服と刀をくれてやると言えば、いくらでも手は集まりまするで」

昼兵衛が手を振った。

「そういうものなのか」

「世のなか、大月さまのご存じないことも多うございまする。さてと」

立ちあがった昼兵衛の顔つきが変わった。

「伊達さまには少し文句を言わせていただかねばなりませぬな」

「いいのか」

金はないが、伊達は六十万石をこえる大藩である。それなりに幕府への影響力もあった。一庶民の相手にできるものではなかった。

「おふざけになっちゃいけませんよ。こっちは女で商売をしているのでございまする。相手が大名であろうが、お役人であろうが、筋はとおさせていただきませんと」

「殺されるぞ」

藩邸のなかは、幕吏といえども手出しができなかった。殺されて埋められでもすれば、永遠にわからなくなる。たかが商人一人行き方知れずになったところで、町奉行所が動くこともない。昼兵衛の命の保証はなかった。

「ご懸念にはおよびませぬよ。ちょっと着替えて参りまするので、ごめんを。おい、誰か、後始末をね」

ようやく顔を出した女中にそう告げて、昼兵衛が奥へと入った。

終　章

「お待たせを」

すぐに昼兵衛が戻ってきた。血で汚れた小袖を替えていた。

「そ、それは……」

新左衛門は驚愕した。

「妾屋というのは、いろいろな縁を結ぶのも仕事でございましてな。大月さま、伊達さまの上屋敷までご一緒願えまするか。さすがに途中で襲われては、どうしようもございません。八重さまは、隠し部屋でお待ちいただきますので」

小袖の上へ黒の紋付きを羽織った昼兵衛が述べた。

「わ、わかった」

新左衛門は首肯した。

浅草から芝口三丁目の伊達家上屋敷までは、ちょっとした距離があった。二人が伊達家の上屋敷へ着いたとき、日は暮れていた。

「なかまでは行けぬぞ」

新左衛門は一人玄関脇の小部屋で控えた。

「わかっておりまする」

昼兵衛は一人で玄関で訪《おと》ないを入れた。

「どうした」

用人坂玄蕃が応対に出た。

「このようなまねをされては困りまするな」

厳しい声で昼兵衛が一部始終を語った。

「どなたがなさったことか、おわかりでございましょう」

「…………」

玄蕃が黙った。

「どうやら、最初とご事情が変わったようで」

昼兵衛が返答をしない玄蕃の態度で気づいた。

「八重さまをどうなさるおつもりで」

「……八重は当家の奉公人である。実家《さと》帰りがすめば、戻るのが当然」

玄蕃が述べた。

「さようでございますか。では、これで帰らせていただきまする。ああ」

腰をあげかけた昼兵衛が、座り直した。

「万一八重さまの身になにかございましたら、三都の口入れ屋が敵に回りまする。殺されるような先を紹介したとあっては、わたくしの商売に差し障りまするので。一度世話したかぎり、お暇を出されるまで面倒を見るのが、決まりごと」

「口入れ屋を敵に回してもどうということなどないわ」

答えたのは玄蕃ではなく、新たに応対の間へ入ってきた井伏であった。

「あなたさまは」

「当家若年寄の井伏である。たかが町人風情が伊達家に対し、無礼であるぞ」

「無礼はどちらで。わたくしの店に無頼を差し向けてこられたお方に言われたくはございませぬな」

昼兵衛が立ちあがった。

「証拠はあるのか」

「ございませぬよ。お入り用でございますか」

うそぶく井伏へ昼兵衛が言った。

「坂さまのご様子であらましはわかりましてございまする。それだけで十分で。わたくしは、お目付さまでもお町奉行さまでもございませぬ。証なんぞ犬に喰わせてやればよろしいので」

昼兵衛が述べた。

「今後伊達さまに人足や中間を斡旋する口入れ屋はございませぬ。街道の問屋場にも回状はまわさせていただきまする。参勤交代のお荷物はご自身でお運びくださいませ」

手元不如意な大名たちは、入り用のときだけ人足や中間を手配し、金を節約している。もし、口入れ屋から人足たちの手配ができなくなれば、藩主の登城にも差し支えた。

「ではこれにて」

「待て。そのようなまねはさせぬ」

井伏が昼兵衛の前へ立ちふさがった。

「この屋敷へ、きさまが入ったことを知っている者はおるまい。ここで始末すれば……」

「大月さまが表でお待ちでございまする」

昼兵衛が井伏へ告げた。

「藩のためだ。口をつぐませることなど容易よ」

「では、お訊きなされるがいい。大月さまが、黙っていると言われるならば、わたくしはあきらめましょう」

「なんだと」

堂々とした昼兵衛へ、井伏がいぶかしげな顔をした。

「待っていろ」

井伏が応対の間を出て行った。

「大月はおるか」

「これに」

玄関脇で控えていた新左衛門は呼ばれて答えた。

「山城屋を出さぬこととした。藩のためじゃ。よいな」

「お待ちください」

言い捨てて出て行こうとした井伏を、新左衛門は止めた。

「山城屋に手出しをなさってはなりませぬ」

「なにをいうか。藩の命運がかかっておるのだ。やむを得ぬことぞ。きさま、伊達家重代の恩を忘れたのではあるまいな」

井伏が怒った。

「忘れてはおりませぬが、このたびのこと、あまりといえばあまりでございましょう。町人の店を襲うなど」

「黙れ。きさまは従えばいいのだ。山城屋を仕留めよ」

「それは殿のご命でございまするか」

「執政たる儂が命は、殿の言葉と思え」

「お断り申しあげまする」

「なにを」

抗命する新左衛門へ、井伏が目をつりあげた。

「当たり前でござろう。八重さまを狙う者へ立ちはだかるのが警固役の任。それをおわかりで刺客を何度も送られた。下屋敷の一件も井伏どのが手配でござろう。拙者も何度命を狙われたか。その大元の指示に従うほど、拙者はふぬけてはおりませぬ」

「……よいのだな。藩士の身分を剝奪《はくだつ》されても」

「それは命より重いものでございますか。頼むと仰せられた八重さまを守り抜くという役目を受けた拙者の名誉よりも」

新左衛門は、言い放った。

「それよりも山城屋を殺そうとされるべきではございませぬ。かの者の身につけている着物をご確認なされませ」

「ちっ」

憎々しげににらみつけて、井伏が出て行った。

「いかがでございました」

応対の間で待っていた昼兵衛が薄く笑った。

「きさまなにを隠しておる」

井伏が詰問した。

「たいしたことではございませんよ。ちょっと失礼を」

昼兵衛が羽織を脱いだ。

「なにを……うっ」

最初に玄蕃が気づいた。

「どうした……それは……」

続いて井伏が絶句した。

「水戸徳川家の三つ葉葵《あおい》」

玄蕃が震えた。

「妾屋などという商売をやっておりますると、いろいろなおつきあいができまする。なかには、お偉い方もおられましてね」

「どういうことだ」

「なあに、わたくしの斡旋いたしましたお妾さまが、水戸さまの和子さまを産んだだけで。そのお祝いに、ご下賜くださった垢付《あかつき》のお着物でございまする」

淡々と昼兵衛が言った。跡継ぎを熱望している大名家などでは、妾屋の斡旋した側室が懐妊すれば、扶持をくれたり、ものを下賜したりすることがままあった。

将軍や藩主が、手柄のあった家臣や寵臣に身につけていたものを下げ渡す。とくにこれは垢付拝領として、名誉なことであった。

「ううむ」

井伏がうなった。

葵の紋が入った着物に斬りつけることはできなかった。それが知れれば、ただではすまない。

「なるようなお話にしましょうか」

身形を整えた昼兵衛が話を始めた。

「八重さまへはお暇をちょうだいしまする。もちろん、そちらのご都合でございますから、それ相応のものをちょうだいいたしましょう。さようでございますな。百両」

「そのような金出せるものか」

「では、人足はあきらめていただきましょう」

「……井伏さま、しかたありますまい。出羽守さまの手前もございまする」

もめ事が表沙汰になることだけは避けなければいけないと、玄蕃が忠告した。

「わかった」

「では、後日受け取りに参りまするので。ご用意を。それと、わたくしの手間賃をお忘れなく。今回は伊達さまと初めてのお取引、おまけいたして十両でよろしゅうございまする」

「……………」

玄蕃も井伏も返答をしなかった。

「あとお付きの女中さまはお返ししますが、みょうなまねはなさいますな。あのお方は裏の事情をご存じない。なにかあれば、わたくしの口は軽くなりまするので」

「……承知しておる」

「もう一つ」

「まだあるのか」

井伏が激した。

「大月さまはいただいて帰りまする。もちろん、金は付けていただきまする。まあ、男でございますので、半年ほど生きていけるだけの金額でよろしいかと」

「……好きにしろ」

苦い顔で井伏が吐き捨てた。

「では、これで八重さまのご奉公は年期明けとさせていただきまする。また妾がご入り用の節は是非わたくしどもへ」

「二度と顔など見たくないわ」

「わたくしもでございますよ」

笑いながら、昼兵衛が立ちあがった。

「女で喰っている妾屋でございますがね、人の命を喰いものにはしておりませんので」

言い残して昼兵衛が応対の間を出た。

「店までお願いしまする」

玄関脇で待っていた新左衛門へ昼兵衛が声をかけた。

「承知」

新左衛門は首肯した。

「どうやら無事にすんだようだな」

「はい。八重さまも伊達家とかかわりなくなりました」

「それは重畳。命を狙われるよりましだ」

聞いた新左衛門は息をついた。

すでに日は落ちかけていた。門限の近い夕暮れの武家町は、人気もなく二人以外の姿はなかった。

「忠義とはなんだと八重さまに訊かれ、滅私と答えたが、まちがいだったな」

「さようでございますな」

「……忠義とは滅私ではなく、守り抜くことだ」

新左衛門は口にした。

「けっこうなことだ」

背後から声がかけられた。

「貴殿が来られたか」

ゆっくりと新左衛門は振り向いた。藩として士籍を離れた者を見逃しはしない。

誰かが追っ手として来るだろうと新左衛門は予想していた。

「ご存じよりのお方で」

すばやく離れながら昼兵衛が尋ねた。

「伊達藩指南役どのだ」

新左衛門が告げた。

「お話が違いませんか。伊達さまとわたくしの間でことは終わっておるはずでございますが」

昼兵衛が苦情を言い立てた。

「おぬしではない。おぬしとの間には話が付いた。儂は、藩籍を抜けた慮外者を成敗するように命じられただけだ」

谷口伝兵衛が答えた。

「そう来ましたか」

大きく昼兵衛が嘆息した。

「山城屋」

「なんでございましょう。大月さま」

「八重さまのこと頼んだ」

「はい」

新左衛門の願いを昼兵衛が受けた。

「勝負だ、大月」

谷口が太刀を抜いた。

「お相手いたす」

新左衛門も太刀を鞘走らせた。

「…………」

青眼に構えて動かなくなった二人に、昼兵衛が声を失った。

「来ぬのか」

御前試合のときを思い出したのか、谷口が言った。

「……はっ」

三間の間合いを少しだけ、新左衛門は縮めた。

「おう」

谷口も前に出た。

間合いが二間になった。一足一刀、どちらかが動けば、十分に刃が届く間合いである。

「しゃ」

小さく谷口が切っ先を振った。誘いであった。

「……………」

新左衛門は相手にしなかった。

「少しは遣えるようになったようだな」

高みにいる者の口調で谷口が述べた。

「お褒めにあずかり光栄」

「それが甘い」

口を利くというのは息を漏らすことである。息を吐いたとき、人の筋肉は弛緩《しかん》する。谷口が隙と見て斬りかかってきた。

「せいっ」

上段からの斬り落としを新左衛門は、足捌《あしさば》きでかわした。

「逃がさぬ」

少し下がった新左衛門の太股に、下段へ落ちた谷口の切っ先が伸びた。

「ふん」

青眼の太刀を下げて、新左衛門は受けた。

そのまま刃を滑らせるようにして、谷口が新左衛門の手首を狙った。

「えいっ」

新左衛門は太刀を押した。勢いに逆らわず、谷口が後ろへ跳んで間合いを空けた。

「これが実戦を経験した者の変化か」

谷口の表情が厳しくなった。

「先日のようにはいかぬな。ならば、柳生流の奥義で参る」

ふたたび谷口が太刀を上段にした。

上段とはまさに一撃必殺、胴をがら空きに、守りを捨てた攻めの形である。かならず斬るとの意志を切っ先にこめ、相手を圧倒する。

「…………」

対して新左衛門は太刀を下段に落とした。タイ捨流も新陰流ももとは同じである。ただ、受け継いだ弟子の差と環境の違いが、その発展を別のものにしていた。

「やあああ」

裂帛《れっぱく》の気合いを発して、谷口が駆けた。

「ぬん」

応じて新左衛門も前へ踏み出した。二人の位置が入れ替わった。

「柳生流龍尾《りゅうび》……」

そう口にして谷口が倒れた。

「……大月さま」

確かめるように昼兵衛が呼んだ。

「生きている」

大きく新左衛門が息をついた。

柳生流龍尾とは、一撃目を避けられるのを前提にしていた。真っ向からの一刀をかわすか受けた瞬間、太刀が翻り、下段からの跳ねあげに変化する。新左衛門は龍尾の太刀を受け止めるのでなく、太刀で跳ねあげ、刃筋を変えるために、谷口が刹那《せつ》《な》の太刀の勢いを殺したところを上段へと変わった一刀で叩きつけた。十分な間合いに入っていた新左衛門の一撃は、跳ねあがろうとした谷口の太刀を落としただけでなく、その胸から腹までを割いた。

「大月さま……」

近づいてきた昼兵衛が絶句した。大月の袴が帯のところから上へと斬られていた。

「紙一重だったな」

新左衛門は、倒れた谷口へ一礼した。


「これ以上なにもございませんでしょうな」

山城屋へ向かいながら昼兵衛が首を振った。

「御前試合で一席となった谷口どのを遣ったのだ。あとは誰も出せまい」

「ならばよろしゅうございまするが」

昼兵衛が肩の力を抜いた。

「これから八重さまはどうなるのだ」

八重も伊達家から離れたのだ。明日から自力で食べていかなければならない。

「ご懸念なく。しっかり伊達さまより手切れ金をいただいておりまする。弟さまのことを含めても十年は大丈夫でございますよ。なあに、あれだけのご器量でございまする。すぐに次の奉公先も見つかりましょう。いや、嫁入り先を探すのも容易。まあ、これもわたくしにお任せいただければでございますがね」

昼兵衛が胸を張った。

「ところで、これから大月さまはどうなさるおつもりでございまするか」

「浪々の身になってしまったのだ。住むところをまず探し、生活《たつき》の道を得ねばならぬ」

黙っていても禄をもらえた藩士では、もうなくなった。新左衛門はあらためて己の去就を考えなければならなくなっていた。

「いかがでございましょう。その二つ、わたくしにお任せいただけませぬか」

難しい顔をした新左衛門へ、昼兵衛が言った。

「これでも口入れ屋でございますのでな。用心棒など働き口はいくらでもお世話できまする」

「よろしく頼む。山城屋どの」

「はい。承りましてございまする」

頭を下げた新左衛門へ、昼兵衛がうなずいた。

「ああ、家財道具と仏壇をどうするか」

ようやく新左衛門は、今まで生きてきたすべてを失ったことに気づいた。

「あらためてそろえられればよろしいのでございますよ。今日は大月さまの旅立ちの日。わたくしがごちそうしますので、味門屋で祝杯をあげましょう。八重さまもお誘いして」

昼兵衛が明るい声で言った。

寛政八年（一七九六）七月十一日、家斉の側室お万の方が出産したが、女子であった。すでに死の床にあった斉村は、家斉の次の男子の誕生を待てず翌月初め、命の炎を消した。

伊達家は、斉村の死去を秘し、この年の三月、国御前の産んだ政千代を跡継ぎとして届け出た。届け出が受理された数日後の十二日、伊達藩は斉村の死去を発表、翌九月二十九日、相続の許しを受け政千代が伊達藩九代当主となった。わずか一歳の藩主の誕生であった。

二十二歳でこの世を去った斉村であったが、上屋敷で新たに召し抱えた側室にも胤を残していた。斉村の死後一カ月で生まれた次男斉宗《なりむね》は、のち兄である政千代、後の周宗《ちかむね》が十七歳で病死した跡を受け、十代藩主の座についた。しかし、斉宗も二十四歳の若さで亡くなり、跡継ぎがいなかったことで分家から養子を迎えざるを得なくなった。斉村の執念は二代を繋いだところで切れた。

この作品は書き下ろしです。

妾屋《めかけや》昼兵衛《ちゅうべえ》女帳面《おんなちょうめん》

側室顚末《そくしつてんまつ》

上田秀人《うえだひでと》

平成23年9月10日　初版発行
平成30年11月25日　12版発行

発行人——石原正康
編集人——永島賞二
発行所——株式会社幻冬舎
〒151-0051東京都渋谷区千駄ヶ谷4-9-7
電話　03(5411)6222(営業)
　　　03(5411)6211(編集)
振替00120-8-767643
印刷・製本—株式会社 光邦
装丁者——高橋雅之

幻冬舎時代小説文庫

ISBN978-4-344-41734-2　C0193　う-8-2

幻冬舎ホームページアドレス　http://www.gentosha.co.jp/
この本に関するご意見・ご感想をメールでお寄せいただく場合は、
comment@gentosha.co.jpまで。